Zu diesem Buch

Als Samantha Chen-Miller in Berlin ankommt, ist ihre beste Freundin Leah spurlos verschwunden. Bei ihren Nachforschungen stößt Sam auf S.T.Y.X. – eine Plattform, auf der Gewalt nicht simuliert, sondern real ist. Jemand nutzt echtes Leid, um künstliche Intelligenz zu trainieren.

Zusammen mit Leahs Partner Michael und dem Ex-GSG9-Mann Chris Wagner beginnt ein verzweifelter Kampf gegen skrupellose Gegner und hochentwickelte Technologie. Denn Leah wurde nicht zufällig entführt – sie ist das nächste Opfer in einem grausamen Plan.

Ein atemberaubender Thriller an der Schnittstelle von Cyberkriminalität und realer Gewalt, wo Sam in letzter Sekunde alles riskieren muss, um ihre Freundin zu retten.

Jason C. Rayne ist das Pseudonym eines deutschen IT-Managers, der mit diesem packenden Thriller sein erstes Buch veröffentlicht. In seinem Thriller verbindet er brandaktuelle KI-Themen mit einer packenden Entführungsgeschichte. Die Grenzen zwischen technologischer Innovation und potenzieller Bedrohung verschwimmen dabei auf alarmierende Weise.

Rayne lebt in Deutschland und schreibt schon am zweiten Teil seiner Thriller-Reihe. Sein erstes Buch endet mit einem Cliffhanger, der neugierig auf die Fortsetzung macht. Auch im nächsten Band geht es darum, wie wir im digitalen Zeitalter die Kontrolle behalten – oder verlieren.

In letzter Sekunde

ein Samantha Chen-Miller Roman

JASON C. RAYNE

Dual Square Publishing

© 2025 Dual Square Publishing, Krefeld
Alle Rechte vorbehalten
Dual Square Publishing, Kruse Bömke 9, 47802 Krefeld
E-Mail: info@dualsquare.pub

1. Auflage 2025, Deutsche Erstausgabe
ISBN: 978-3-8192-0880-5 (Buch), 978-3-819282-3-9 (e-Book)

Verlag: BoD · Books on Demand GmbH, Überseering 33, 22297 Hamburg, bod@bod.de
Druck: Libri Plureos GmbH, Friedensallee 273, 22763 Hamburg

Umschlaggestaltung: hmdpublishing, USA
Umschlagmotiv: © iStock - Getty Images - AMR image and barashkova
Lektorat: Matthias Juegler

Bibliografische Information der Deutschen Nationalbibliothek: Die Deutsche Nationalbibliothek verzeichnet diese Publikation in der Deutschen Nationalbibliografie; detaillierte bibliografische Daten sind im Internet über https://dnb.de abrufbar.

Schaffe Dunkelheit
und du wirst sehen, was ans Licht kommt.

nach Franz Kafka

INHALT

KAPITEL 01

MONTAG, 17. NOVEMBER

Der Duft frischer Croissants weckte Sam aus ihrem Halbschlaf und die Erinnerung an Berliner Cafés mit Leah ließ sie lächeln - noch drei Stunden Flugzeit, noch drei Stunden bis zum Treffen mit Leah. Sie ahnte nicht, dass der Countdown längst begonnen hatte.

Der Berliner Morgenhimmel war grau. Sie betrachtete die sich ausbreitende Stadt unter ihr. Ein Flickenteppich aus Siedlungen und Grünflächen, aus Geschichte und Moderne. Die Landebahn des BER erschien wie eine schwarze Narbe in der brandenburgischen Landschaft.

Das dumpfe Aufsetzen der Räder hallte durch die Kabine, begleitet vom Aufheulen der Triebwerke. Das «gut gelandet» an Tom entfiel heute – und wohl auch in Zukunft. Auch deshalb freute sie sich auf die gemeinsame Zeit mit Leah. Abstand würde ihr sicher gut tun.

Das Gate war am äußersten Ende des Terminals. Sam bewegte sich mit der geschmeidigen Effizienz einer Großstadtnomadin durch die morgendlichen Menschenmassen. Ihr schwarzer Hoodie und die Cargo-Hose - ihre bevorzugte Reisekleidung - machten sie zu einer unter vielen. Der straff gebundene Pferdeschwanz, praktisch und unauffällig, unterstrich ihre leicht asiatisch wirkenden Gesichtszüge.

Drei ungelesene WhatsApp-Nachrichten an Leah leuchteten auf ihrem Display. Alle von gestern Abend. Sam spürte einen leichten Stich der Sorge. Leah war kein Mensch der verpassten Nachrichten oder der Funkstille. Nicht bei Sam. Niemals bei Sam.

Das Gepäckband lief bereits, als sie die Halle erreichte. Die Displays über ihr zeigten Ankunft 8:47 Uhr – United Airlines – New York. Ihre schwarze Reisetasche war eine der letzten, die erschien, als hätte sie sich Zeit gelassen, um durch das Labyrinth der Gepäckförderanlagen zu navigieren. Sam wartete geduldig. Leah würde draußen sein, wie bei jedem ihrer Besuche in den letzten zwei Jahren.

In der Ankunftshalle ließ Sam ihren Blick suchend durch den Raum wandern. Ein Gewirr aus müden Gesichtern und Wiedersehensfreude. Keine Leah. Sie zog ihr Handy heraus und rief die vertraute Nummer an. Mailbox.

Eine vierte Nachricht an Leah: «Bin da. Wo steckst du?»

Die digitale Uhr über den Ausgängen zeigte 9:15 Uhr. Sie hatten sich auf 9:00 Uhr geeinigt. In all den Jahren ihrer Freundschaft war Leah nie zu spät gekommen.

Draußen hatte es zu nieseln begonnen. Die Taxischlange bewegte sich träge vorwärts. Sam kannte die Adresse in Prenzlauer Berg auswendig - eines dieser klassischen Berliner Altbauhäuser mit hohen Decken und knarrenden Parkettböden. Leah und Michael hatten die

Wohnung vor zwei Jahren bezogen. Das Zuhause für ein junges Paar aus der Berliner Tech-Szene.

Sam drückte den Klingelknopf neben dem Schild «Pasche/Reichert». Keine Reaktion. Sie klingelte erneut, länger diesmal.

Die Gegensprechanlage knackte wie ein brechendes Stück Eis. «Ja?» Michaels Stimme klang verschlafen. Oder betrunken.

«Michael? Hier ist Sam.»

Eine lange Pause folgte, unterbrochen nur vom statischen Rauschen der Gegensprechanlage. Michaels Stimme klang verwirrt, als er endlich antwortete: «Sam? Das... das verstehe ich nicht. Wieso bist du nicht am Flughafen? Leah wollte dich doch abholen, sie hat die ganze Woche davon gesprochen...»

«Sie war nicht da, Michael. Ich habe überall gesucht und versucht, sie anzurufen. Machst du mir jetzt bitte auf? Ich mache mir langsam Sorgen.»

Der Summer ertönte wie ein elektronischer Seufzer. Sam nahm die Stufen in den dritten Stock, ihre Schritte ein gedämpftes Echo auf dem abgenutzten Linoleum. Michael stand bereits in der offenen Wohnungstür, barfuß in Jeans und einem zerknitterten Joy Division-Shirt. Seine Augen waren gerötet, als hätte er tagelang nicht geschlafen.

«Michael, wo ist Leah? – und was ist hier eigentlich los?» Sam konnte die wachsende Besorgnis in ihrer eigenen Stimme hören.

Er stand im Türrahmen, fuhr sich immer wieder durch die zerzausten Haare - eine nervöse, fast zwanghafte Geste. Seine Augen konnten ihren Blick nicht halten, als er schließlich antwortete: «Das ist kompliziert, Sam... ich meine, ich weiß es ehrlich gesagt nicht genau. Ich... ich habe sie seit gestern nicht mehr gesehen. Sie ist einfach... weg.»

Sam spürte ein ungewohntes Kribbeln im Nacken. Etwas stimmte hier ganz und gar nicht, und zum ersten Mal in ihrem Leben hatte sie das Gefühl, dass die Situation ihre üblichen Problemlösungsstrategien übersteigen könnte.

«Was meinst du mit ‚einfach weg‘?»

Michael trat zur Seite. Der süßliche Geruch von kaltem Marihuanarauch hing in der Luft wie ein unsichtbarer Vorhang. Sam betrat die Wohnung und schloss die Tür hinter sich. Michael lehnte sich an die Tür, als bräuchte er die Unterstützung.

«Sie wollte gestern Abend ausgehen. Nichts Besonderes, meinte sie. Einer dieser Techno-Clubs.» Seine Stimme wurde leiser. «Ich weiß nicht, ob Leah dir davon erzählt hat, aber wir haben inzwischen eine... ziemlich offene Beziehung. Manchmal geht sie allein aus. Manchmal ich.»

Sam stellte ihre Tasche ab. Die Wohnung war ein Spiegelbild ihrer Bewohner - ein faszinierender Clash aus Silicon Valley Startup und Berliner Bohème. Ein hochmodernes Gaming Setup thronte neben einer antiken Kommode, Smart Home Devices blinkten neben Vintage-Vinylplatten.

«Nein, davon hat mir Leah nichts gesagt und eigentlich passt das ja überhaupt nicht zu ihr. In welchen Club wollte sie?»

«Das hat sie nicht gesagt. Aber sie hat noch eine Nachricht geschrieben. Gegen Mitternacht. Dass sie gut angekommen ist. Seitdem...» Er holte tief Luft, als müsste er Kraft für die nächsten Worte sammeln. «Seitdem nichts mehr.»

Sie zog ihren Laptop aus der Tasche, während Michael ins Schlafzimmer wankte, um sich umzuziehen. Erste Priorität: Leahs digitale Spuren. E-Mails. Social Media. Jeder elektronische Brotkrumen, der einen Hinweis geben könnte.

Sie checkte zuerst Instagram. Zwei neue Posts. Gestern und heute früh. Leah in Prag. Sam starrte auf die Bilder. Leah vor der Karlsbrükke, das goldene Morgenlicht auf ihrem Gesicht. Leah in einem Café, dampfender Kaffee vor sich.

Unmöglich.

Das Kribbeln in ihrem Nacken wurde stärker. Dies würde kein gewöhnlicher Berlinbesuch werden. Nicht einmal ansatzweise.

Sam starrte auf die Instagram-Posts. Irgendetwas an den Fotos irritierte sie. Nach einigen Minuten öffnete sie ihr Analyse-Tool – eine Angewohnheit aus ihrem Job. Die Software zeigte erste Auffälligkeiten: Unregelmäßigkeiten in der Beleuchtung, seltsame Artefakte an den Haaren.

«Michael, diese Posts aus Prag... wann genau hast du sie gesehen?»

Er rieb sich müde die Augen. «Heute Morgen, kurz nach dem Aufwachen. Ich dachte erst, sie hätte sich spontan eine Auszeit genommen. Das macht sie manchmal, weißt du? Einfach abhauen für ein paar Tage, den Kopf frei kriegen.» Er schluckte. «Aber dann fiel mir ein, dass sie dich ja abholen wollte. Und dass sie nie – wirklich nie – einfach so verschwinden würde, wenn sie etwas ausgemacht hat.»

Sam nickte langsam. «Die Fotos... irgendetwas stimmt damit nicht. Ich glaube, wir sollten zur Polizei gehen.»

«Zur Polizei?» Michael sprang auf, lief unruhig durch den Raum. «Sam, du kennst doch Leah. Sie ist immer so... unabhängig. Wenn wir jetzt zur Polizei gehen und sie taucht morgen wieder auf...»

«Michael.» Sam stand auf, legte ihm die Hand auf den Arm. «Erzähl mir genau, was am Sonntag passiert ist.»

Er ließ sich schwer auf einen Stuhl fallen. «Sie war den ganzen Tag am Computer. Hat kaum etwas gesagt, war total konzentriert. Abends meinte sie, sie gehe aus. Sie würde sich mit einer Bekannten treffen. Ich fragte, ob ich mitkommen soll, aber sie wollte nur zu zweit gehen. Sagte, es wäre geschäftlich.»

Sam betrachtete die Fotos noch einmal. Die Karlsbrücke im Morgennebel. Das Café mit der dampfenden Tasse. Technisch brillant gemacht, aber definitiv nicht echt.

«Okay», sagte er schließlich. «Lass uns zur Polizei fahren. Einfach um sicher zu sein.»

Das Polizeipräsidium am Platz der Luftbrücke war ein imposanter Altbau aus rotem Backstein. Der Wartesaal war überfüllt – ein typischer Montagmorgen. Sie stellten sich in die Schlange am Empfang.

«Einen Moment noch», murmelte der Beamte auf Deutsch, die Augen auf seinen Bildschirm gerichtet.

«It's about a missing person.» Sams Stimme war leise, aber bestimmt. «Leah Pasche. Missing since Sunday night.»

Jetzt sah er auf. Sein Deutsch-Englisch-Mix war holprig. «Sunday? Das ist... how you say... sehr kurz. Normalerweise warten wir...»

«Sie wurde möglicherweise entführt.» Sam zog ihr Handy heraus, öffnete Instagram. «Diese Fotos in ihrem Instagram-Account aus Prag sind gefälscht.»

Der Beamte runzelte die Stirn, griff zum Telefon. Seine gedämpfte Stimme drang durch die Plexiglasscheibe. «Ja... Amerikanerin... Entführung... Weber hat doch in der Besprechung gesagt, wir sollten ihn bei so etwas informieren...»

Wenige Minuten später erschien ein Mann mittleren Alters. Mittelgroß, mit beginnender Glatze und einem deutlichen Bauchansatz. Sein grauer Anzug hatte schon bessere Tage gesehen.

«Kriminalhauptkommissar Weber», stellte er sich vor. Sein Englisch war gut, wenn auch mit deutlichem Akzent. «Kommen Sie mit.»

Sein Büro war typisch für einen Polizeibeamten – überfüllte Aktenschränke, ein schlichter Schreibtisch, an den Wänden vergilbte Dienstpläne und ein zerknitterter BKA-Kalender von 2024.

«Also», sagte Weber und ließ sich in seinen abgewetzten Bürostuhl fallen. «Erzählen Sie.»

Michael begann zu berichten. Von Sonntag. Von Leahs Verhalten in den letzten Wochen. Von ihrer zunehmenden Verschlossenheit. Von den nächtlichen Computersitzungen.

«Sie arbeitet in der IT-Sicherheit», erklärte er. «Manchmal hat sie Phasen, wo sie total fokussiert ist auf ein Projekt. Aber diesmal war es anders. Sie war... angespannt. Nervös fast.»

Weber machte sich Notizen, seine Handschrift hastig, aber lesbar. «Und Sie sind...?» Er sah zu Sam.

«Samantha Chen-Miller. Ich bin eine Freundin aus New York. Leah und ich kennen uns seit Jahren.» Sie holte tief Luft. «Sie sollte mich heute Morgen vom Flughafen abholen. Wir hatten es lange geplant. Sie würde so etwas nie absagen oder einfach vergessen.»

Weber nickte, tippte etwas in seinen Computer. «Stattdessen postet sie Fotos aus Prag.» Er drehte seinen Bildschirm. «Die Kollegen haben ihre Social-Media-Daten bereits gecheckt. Zwei Posts in den letzten 24 Stunden.»

Sam beugte sich vor. Die Polizei schien schneller zu arbeiten als erwartet. Der Bildschirm zeigte die gleichen Bilder – Leah an der Karlsbrücke, Leah im Café – die sie vorhin schon analysiert hatte.

«Diese Fotos», sagte sie vorsichtig, «sind nicht echt.»

Weber hob eine Augenbraue. «Nicht echt?»

«Ich arbeite in der digitalen Forensik.» Sam zog ihren Laptop heraus. «Darf ich Ihnen etwas zeigen?»

Er nickte. Sam öffnete ihr Analyse-Tool. «Sehen Sie hier die Lichtreflexionen im Fenster? Sie stimmen nicht mit dem Hauptlicht überein. Und die Haare...» Sie zoomte in einen Bereich. «Deep-Fake-Algorithmen haben oft Probleme mit feinen Strukturen wie Haaren.»

Weber beugte sich über den Bildschirm, die Stirn in Falten gelegt. «Und Sie sind sicher?»

«Ja. Ich arbeite seit Jahren mit solchen Analysen.»

Der Kommissar lehnte sich zurück, sein Stuhl quietschte protestierend. «Also haben wir eine vermisste Person, gefälschte Social-Media-Posts und mysteriöse Computeraktivitäten.» Er sah zu Michael. «Hat Leah in letzter Zeit von Problemen erzählt? Bedrohungen? Ungewöhnliche Kontakte?»

Michael schüttelte den Kopf, hielt dann inne. «Sie war irgendwie anders nach den Club-Besuchen. Erst früh am Morgen heim. Duschte eine Ewigkeit und manchmal hörte ich sie danach noch stundenlang tippen.»

«Welche Clubs?»

«Ich weiß es nicht. Sie... hat mir nicht gesagt, in welchen Club sie gehen wollte. Manchmal erzählen wir uns wo wir hingehen, manchmal nicht. Wir fragen nicht nach Details, das ist unsere Vereinbarung.»

Weber tippte mit seinem Kugelschreiber auf den Schreibtisch. «Ich nehme eine Vermisstenmeldung auf. Wir überprüfen ihre Handydaten, Kreditkarten, die üblichen Dinge.» Er griff nach einem Formular. «Aber seien Sie ehrlich – könnte es sein, dass sie einfach Abstand braucht?»

«Nein.» Sams Stimme war leise, aber fest. «Nicht ohne mir Bescheid zu geben. Nicht mit gefälschten Fotos.»

Weber nickte langsam. «Okay. Wir bleiben in Kontakt.» Er reichte ihnen seine Karte – ein schlichtes Stück Papier mit Name und Telefonnummer. «Rufen Sie an, wenn Ihnen noch etwas einfällt.»

Draußen nieselte es immer noch. Michael gab dem Taxifahrer ihre Adresse.

«Ich muss Leahs Computer checken», sagte Sam. «Lass uns bei euch zu Hause einen Kaffee trinken und dann werde ich schauen, was er mir alles zu sagen hat.»

«Er steht im Arbeitszimmer, genau wie bei deinem letzten Besuch.» Michael blickte aus dem Fenster. «Sie hat dort in letzter Zeit fast gelebt.»

Sam bemerkte den bitteren Unterton in seiner Stimme. Die offene Beziehung schien mehr Fassade als Realität zu sein.

Kalt. Sehr kalt. Das war Leahs erster Gedanke. Der zweite: Beton. Roher Beton, überall. Wände, Boden, Decke. Ein würfelförmiger Raum, nicht größer als drei mal drei Meter.

Die nackte Glühbirne hinter dem vergitterten Fenster in der Stahltür warf schwaches, gelbliches Licht. Gerade hell genug, um die Feuchtigkeit auf den Wänden glänzen zu sehen, das rostige Feldbett in der Ecke zu erkennen und den Metalleimer daneben zu identifizieren.

Benommen versuchte sie sich aufzurichten, ignorierte den hämmernden Schmerz in ihrem Kopf. Ihre langen blonden Haare fielen ihr ins Gesicht, verklebt von getrocknetem Schweiß. Die letzte Erinnerung war verschwommen - der Weg zum Club, die U-Bahn, dann nichts. Ein bitterer, metallischer Geschmack lag auf ihrer Zunge, und ihre Glieder fühlten sich schwer an. Betäubt. Sie war betäubt worden.

Die Stille lastete wie ein physisches Gewicht auf ihr. Keine Geräusche drangen durch die massiven Wände, nur das gelegentliche Tropfen von Wasser in ihrer Zelle. Mit zitternden Händen tastete sie die raue Wand hinter sich ab, als könnte der kalte Beton ihr irgendeine Form von Halt geben. Club. Sie war auf dem Weg zum Club gewesen zusammen mit Nadja ... oder so ähnlich. Sie hatte Michael nicht gesagt wo sie hinwollte. Aber Sam würde morgen ankommen. Würde sie suchen. Würde merken, dass etwas nicht stimmte.

Das Echo von Schritten im Gang riss sie aus ihren Gedanken. Schwere Stiefel auf Beton, mehrere Personen, der Klang hallte rhythmisch von den Wänden wider. Immer näher. Das metallische Kratzen eines Schlüssels im Schloss ließ ihr Herz bis zum Hals schlagen.

Die schwere Stahltür öffnete sich mit einem lang gezogenen Quietschen. Ein Mann stand im Rahmen, mittelgroß mit schlaffen Gesichtszügen. Sein abgewetzter beiger Blazer hing über herabhängenden Schultern. Die Kamera in seiner Hand wirkte wie eine Waffe.

«Guten Morgen, Leah.» Kozlovs Stimme war rau, vulgär, mit einem leichten osteuropäischen Akzent. «Willkommen zu deiner ersten Produktion.»

Ein Stockwerk tiefer tauchten die Monitore den fensterlosen Raum in ein gespenstisches Blau-Grau. Früher war dies vermutlich eine Art Leitstelle gewesen - die Original-Schalttafeln waren noch an den Wänden montiert, jetzt nutzlos und stumm. Heute füllten Hightech-Bildschirme und Computer die alten Regale. Klimaanlagen summten leise, hielten die empfindliche Technik kühl.

Dr. Sarah Klein saß im Zentrum dieses digitalen Kokons. Ihre schlanken Finger glitten über mehrere Tastaturen, während sie Lichteinstellungen und Kamerawinkel justierte. Der Bildschirm vor ihr zeigte Zelle 4 in vier verschiedenen Perspektiven. Die nackte Glühbirne an der Decke war einer Reihe versteckter LED-Panels gewichen. Perfekte Ausleuchtung für perfekte Aufnahmen.

«Setup für Episode 1 ist fast abgeschlossen», sagte sie, ohne den Blick von den Monitoren zu nehmen. «Die Beleuchtung ist kalibriert, Kameras ausgerichtet.»

Der Geruch von Tabak kündigte Ivan Kozlov an, noch bevor er sich über ihre Schulter beugte. Er betrachtete die Bildschirme mit professionellem Interesse. «Der Zeitplan für heute Abend steht?»

«Alles vorbereitet. Marek ist gebrieft, Yuri macht gegen 20:00 Uhr das Make-up.» Sie deutete auf einen Monitor. «Die Neue ist in Zelle 2. Ketamin wird in etwa zwanzig Minuten nachlassen.»

Kozlov zog an seiner Zigarette. Die Rauchmelder hier unten waren längst deaktiviert. «Viktor will diesmal eine spontanere erste Szene. Authentischer.»

Dr. Klein runzelte die Stirn. «Das bedeutet?»

«Marek bekommt heute nur ein Earpiece für die wichtigsten Anweisungen. Und die Schlüssel zu ihrer Zelle.» Kozlov grinste. «Das wird seine beste Performance.»

«Ist das nicht riskant?»

«Drei Kameras, fünf Mikrofone. Die Tür ist präpariert - sie lässt sich nur von außen öffnen. Und Yuri wird bereit stehen.» Er tippte auf einen der Monitore, der den leeren Gang zeigte. «Authentische Reaktionen sind unbezahlbar, Sarah. Gerade für die KI.»

Dr. Klein nickte langsam. «Ja, die KI braucht gute Trainingsdaten.»

Die Tür öffnete sich. Viktor Petrov betrat den Raum, sein maßgeschneiderter schwarzer Anzug ein surrealer Kontrast zu den feuchten Bunkerwänden. «Gibt es was Neues zu den Instagram-Posts?»

«Erledigt», antwortete Dr. Klein. «Zwei Bilder aus Prag, zeitversetzt gepostet. Die KI-Generierung ist perfekt - selbst ihr engster Kreis wird keinen Verdacht schöpfen.»

Petrov nickte. «Gut. Wir dürfen uns keine Fehler erlauben. Es steht zu viel auf dem Spiel.» Er warf einen Blick auf die Monitore. «Alle Systeme bereit für nachher?»

«Alles nach Plan», sagte Kozlov. «Showtime heute um 21:00 Uhr..»

«Prime Time in Europa und ein Nachmittagssnack für die Jungs an der Ostküste», ergänzte Dr. Klein. «Fünfzehn Uhr. Die zahlungskräftigste Zielgruppe.»

Ein dünnes Lächeln erschien auf Petrovs Gesicht. «Ausgezeichnet. Geben Sie unseren Zuschauern, wofür sie zahlen.» Er wandte sich zum Gehen, hielt dann inne. «Ach ja - die Kryptowährungen? Nicht nachverfolgbar?»

«Drei verschiedene Mixer», bestätigte Dr. Klein. «Unmöglich zu tracen.»

Die Tür schloss sich hinter Petrov. Kozlov zündete sich eine neue Zigarette an.

«Lassen Sie uns Miss Pasche schon mal in Zelle 4 bringen», sagte er. «Sie sollte sich an ihre neue Umgebung gewöhnen.»

Die Küche war in jenes besondere Berliner Nachmittagslicht getaucht, das durch die hohen Altbaufenster fiel und Staubpartikel wie winzige Planeten in ihrer eigenen Umlaufbahn tanzen ließ. Michael stand an der Siebträgermaschine, einem chromglänzenden Monster italienischer Ingenieurskunst, das wie ein Fremdkörper in der sonst so vintage-geprägten Küche wirkte. Seine langen, schmalen Finger – typische Programmierer-Finger – bewegten sich mit der mechanischen Genauigkeit eines Menschen, der in Routine Zuflucht sucht. Das GitHub-Logo auf seinem zerknitterten T-Shirt war zu einem geisterhaften Umriss seiner selbst verblasst, die ausgebeulte Jogginghose erzählte die Geschichte vieler durchgearbeiteter Nächte. Seine hellbraunen Haare, zu lang für den einst exakt rasierten Undercut, fielen ihm in die Stirn - Leah hatte in ihrer letzten Mail erwähnt, dass sie ihn ständig zum Friseur schicken musste, eine dieser kleinen Alltagssorgen, die jetzt wie aus einem anderen Leben erschienen.

«Americano. Stark, schwarz, ohne Zucker.» Die Tasse klackte dumpf auf dem abgenutzten Holztisch. Seine Stimme klang belegt, als hätte er tagelang nicht gesprochen, aber der süßliche Cannabis-Geruch, der die Wohnung bei Sams Ankunft durchzogen hatte, war schwächer geworden. «Leah meint immer, du trinkst ihn so.»

Sam beobachtete, wie er sich selbst einen Oat Milk Latte zubereitete, seine Bewegungen eine perfekte Metapher für sein Wesen - der typische Tech-Mensch, bei der Arbeit präzise bis zur Besessenheit, dafür chaotisch im Privaten. An der Wand hinter ihm hing ein gerahmtes Software-Patent in einem schlichten schwarzen Rahmen, sein Name ganz oben auf der Liste der Entwickler, das Papier bereits leicht vergilbt, als würde selbst dieses Zeugnis seines Erfolgs sich langsam auflösen.

Die Küche war ein Archiv gemeinsamer Erinnerungen. Der Katzenkalender an der Wand - ein ironisches Statement, denn Leah hasste Katzen, liebte aber die absurden Memes, mit denen das Internet überschwemmt wurde. Daneben der ‚Women in Tech' Becher, ein Souvenir von jener Konferenz in San Francisco, wo Sam und Leah sich vor vier Jahren kennengelernt hatten - zwei Frauen in einer männerdominierten Welt, die sofort eine Verbindung spürten. Die Küchenuhr tickte träge durch die lastende Stille, ein mechanisches Herz, das die Zeit in immer kleinere Einheiten zerhackte.

Michael setzte sich ihr gegenüber an den Küchentisch, ein Möbelstück, das vermutlich schon die Teilung Berlins miterlebt hatte. Seine langen Beine passten kaum darunter. Seine Finger trommelten einen nervösen Rhythmus auf die Tischplatte - tap-tap-tap-tap-space, wie Zeilen von Code.

«Sie hat viel von dir erzählt», sagte er schließlich, seine grünen Augen vermieden den direkten Kontakt. «Von euren Projekten. Dass ihr euch gegenseitig... wie hat sie es genannt... Digitaler Backup seid?» Ein schiefes Lächeln huschte über sein Gesicht, flüchtig wie ein System-Glitch. Er war der Typ Mensch, der sich in der binären Klarheit von Programmcode wohler fühlte als in der analogen Unschärfe menschlicher Interaktion.

Sam nickte. «Wir haben ein System entwickelt. Verschlüsselte Clouds, gespiegelte Arbeitsverzeichnisse. Wenn einer von uns gehackt wird oder Daten verliert, hat die andere eine Sicherung.» Der letzte Schluck Kaffee war kalt geworden und schmeckte bitter. «Ich müsste noch ihren Admin-Zugang haben.»

Das Arbeitszimmer war genau wie Sam es in Erinnerung hatte - drei Monitore auf dem Schreibtisch, mechanische Tastatur und der Gaming-Stuhl, ein thronartige Konstruktion aus Kunstleder und Chrom. Der kleine Kaktus, den Sam Leah zum letzten Geburtstag geschickt hatte, stand wie ein einsamer Wächter neben dem linken Bildschirm.

«Ich lass dich allein», sagte Michael von der Tür her. «Muss sowieso ein paar Arbeits-Calls machen. Sag Bescheid, wenn du... also wenn du was findest.» Das «wenn» hing bleischwer zwischen ihnen.

Sam wartete, bis seine Schritte sich entfernten, bis sie das charakteristische Klicken einer sich schließenden Tür hörte - sein Home-Office am anderen Ende der Wohnung, eine andere digitale Festung der Einsamkeit. Leahs Computer erwachte mit dem vertrauten Summen von Lüftern und Festplatten, ein technisches Mantra. Sam gab ihren Admin-Code ein, eine 64-stellige Sequenz, die sie sich als verschlungene Eselsbrücke über ein altes chinesisches Gedicht merkte - Poesie als Schlüssel zur Technologie.

Der Desktop baute sich auf. Sam öffnete das Taskmanager-Log, eine zeitliche Chronik elektronischer Fußspuren. Leah war zuletzt Sonntag online gewesen, 19:12 Uhr, kurz bevor sie ausging.

Mit der methodischen Herangehensweise einer digitalen Archäologin begann Sam ihre Analyse. Leahs E-Mail-Profile waren wie Schichten einer Ausgrabung - die oberflächlichen waren harmlos, alltäglich, eine Fassade aus Arbeitskommunikation, Newslettern, Amazon-Bestellungen. Aber darunter, verborgen in den Tiefen eines verschlüsselten Thunderbird-Profils, wartete etwas anderes.

Zwanzig Minuten brauchte sie, um die Verschlüsselung zu knacken. Was sie fand, ließ sie die Luft anhalten, als hätte sie eine verborgene Kammer geöffnet.

Verschiedene Profile, ein ganzes Netzwerk von ihnen, jedes mit seiner eigenen Persona, seiner eigenen Mission. Ein Account ausschließlich für Berghain-Kontakte, einer für eine Escort-Agentur, weitere für kleinere Clubs - ein digitales Spinnennetz aus Identitäten. Die Profilbilder waren unterschiedlich, aber unverkennbar Leah, wie Facetten eines zerbrochenen Spiegels. Die Chat-Verläufe waren mit einer fast manischen Akribie organisiert, nach Datum und Location sortiert, als wären sie Beweisstücke in einer noch unbenannten Ermittlung.

Die Fotos von Club-Besuchen, die Screenshots von Gesprächen, die verschlüsselten Notizen - all das fügte sich zu einem Muster zusammen, das weit über eine gewöhnliche Dating-Historie hinausging. Dies war eine Dokumentation, eine Recherche, getarnt als digitales Liebesleben.

Ein Chat-Verlauf der letzten Woche stach heraus wie ein falscher Ton in einer Melodie. Ein User mit dem kryptischen Handle « _xoFF#dark» - keine Profilbilder, keine persönlichen Informationen, eine digitale

Schattenfigur. Die Konversation las sich wie verschlüsselter Code, technisch, mit Referenzen zu einem Treffpunkt, einer Uhrzeit und dem rätselhaften Hinweis auf eine «spezielle Vorstellung».

Sam lehnte sich zurück, rieb sich die brennenden Augen. Durch die geschlossene Tür drangen gedämpfte Gesprächsfetzen von Michaels Videokonferenz, eine ferne Erinnerung an die normale Arbeitswelt. Die offene Beziehung, von der er gesprochen hatte, erschien jetzt in einem völlig neuen Licht - nicht als romantisches Arrangement, sondern als perfekte Tarnung für etwas viel Dunkleres. Leah hatte etwas verfolgt. Oder jemanden. Und was auch immer es war, es hatte sie verschluckt.

Mit der gleichen Sorgfalt, mit der sie die Spuren gefunden hatte, löschte Sam sie wieder aus dem System. Michael durfte das nicht sehen, noch nicht. Nicht bevor sie verstand, was es bedeutete.

«Michael?», rief sie durch den Flur. «Lass uns ausgehen. Ich kenne deine Stammlokale nicht, aber ich brauche definitiv einen Drink.»

«Gib mir zehn Minuten.»

In ihrem Gepäck fand sie eine schwarze Jeans und eine dunkelgraue Bluse, Kleidung wie eine Rüstung - casual genug für eine Bar, elegant genug für Berlin. Als sie ins Wohnzimmer zurückkehrte, hatte auch Michael sich umgezogen - schwarzer Rollkragenpullover, dunkle Jeans, der uniforme Look der Berliner Tech-Szene, Tarnung in der urbanen Wildnis.

«Lass uns in die Bar gleich um die Ecke gehen», sagte er. «Nicht weit von hier. Ruhig genug zum Reden.»

Sam nickte. Sie hatte einiges zu erzählen. Aber nicht alles. Noch nicht.

Die Bar versteckte sich in einem Hinterhof, einer dieser typisch Berliner Orte, die man nur fand, wenn man davon wusste. Backsteinwände, hohe Fenster mit industriellem Charme, gedämpftes Licht aus vintage Edison-Birnen. Die wenigen Gäste waren wie Michael und Sam gekleidet.

Sie fanden einen ruhigen Tisch in einer Nische. Die Sitzpolster waren aus abgenutztem braunem Leder, die Tischplatte aus rauem Holz. Eine kleine Kerze flackerte zwischen ihnen.

«Das ist nicht real», sagte Sam leise, mehr zu sich selbst. «Gestern noch haben Leah und ich über Messenger diskutiert, welche Restaurants wir diese Woche ausprobieren wollen.» Sie zog ihr Handy heraus, starrte auf den letzten Chat. «Sie hat sich so gefreut, dass ich komme.»

«Negroni», bestellte sie bei der Kellnerin, die herangetreten war.

Michael sah überrascht auf. «Das ist... das ist auch Leahs Lieblingsdrink.»

«Ich weiß.» Sam lächelte traurig. «Wir haben ihn zusammen in dieser kleinen Bar in San Francisco entdeckt. Sie meinte immer, ein gut gemixter Negroni ist wie perfekter Code - ausbalanciert und komplex.»

Michael bestellte sich auch einen, starrte dann auf seine Hände. «Ich kann nicht aufhören zu denken... hätte ich sie aufhalten sollen? An diesem Abend?» Seine Stimme brach. «Sie geht so oft alleine aus, es war so... normal.»

«Hey.» Sam lehnte sich vor, legte ihre Hand kurz auf seinen Arm. «Das ist nicht deine Schuld. Leah ist stark und unabhängig. Das ist eine der Sachen, die ich am meisten an ihr schätzte.» Sie schluckte. «Gott, ich hasse es, in der Vergangenheit zu sprechen.»

Die Getränke kamen. Sie hoben schweigend ihre Gläser.

«Auf Leah», sagte Michael.

«Wir finden sie», sagte Sam mit einer Überzeugung, die sie nicht ganz fühlte. «Sie ist zu schlau, um...» Sie brach ab, trank einen großen Schluck.

«Wie konnte das passieren?», fragte Michael nach einer Weile. «Ich meine, Berlin ist nicht ungefährlich, aber...» Er fuhr sich durch die Haare, eine Geste, die Sam schon als charakteristisch für ihn erkannte. «Sie kennt die Stadt, ist immer vorsichtig.»

«Erzähl mir von euch», sagte Sam. «Wie habt ihr euch eigentlich kennengelernt?»

Michael drehte sein Glas in den Händen, beobachtete, wie das Licht durch den roten Drink schimmerte. «Hackathon, vor drei Jahren. Sie hat mich fertig gemacht - mein Code war zu unstrukturiert, meinte sie.» Ein schiefes Lächeln. «Sie war einfach brillant. Ist brillant. Sie hat in zwanzig Minuten Fehler gefunden, die unser ganzes Team übersehen hatte.»

«Das klingt nach Leah.»

«Zwei Wochen später haben wir zusammen gewohnt. Es war... es fühlte sich einfach richtig an.» Er nahm einen Schluck. «Und du? Wie habt ihr euch kennengelernt? Sie spricht so oft von dir, aber ich kenne nur die Tech-Seite.»

Sam lehnte sich zurück, betrachtete einen Moment lang die flackernde Kerze zwischen ihnen. «Es war bei einer Tech-Konferenz in San Francisco», sagte sie schließlich. «Einer dieser überfüllten Mittagstische, wo sich fremde Menschen gegenübersitzen und höflichen Small Talk machen. Aber mit Leah war es anders. Sie hatte gerade einen brillanten Vortrag über Blockchain-Security gehalten, und ich arbeitete damals an einem Framework zur Erkennung von manipulierten

Transaktionen. Was als technische Diskussion begann, wurde zu einem sechsstündigen Marathon durch alle möglichen Themen. Cybersecurity, Ethik, die Zukunft der Privatsphäre, und so weiter.» Sie lächelte bei der Erinnerung. «Zwei Restaurants und eine Bar haben uns an dem Abend rausgeworfen, weil wir nach Ladenschluss immer noch dasaßen. Sie ist die einzige Person, die ich kenne, die genauso besessen von den Details ist wie ich. Die versteht, dass echte Sicherheit in den Nuancen liegt.»

«Und wie passt Kung Fu in das Bild der Tech-Spezialistin?» Michael klang aufrichtig interessiert. «Leah hat manchmal erwähnt, dass du darin eine echte Expertin bist.»

Sam nahm einen langen Schluck von ihrem Negroni, sortierte ihre Gedanken. «Shanghai», sagte sie. «Mein Vater ist Amerikaner und war dort im diplomatischen Dienst. Und meine Mutter ist gebürtige Chinesin. Sie hatten sich in Yale kennengelernt. Ich war sechs, als wir nach Shanghai gezogen sind. Stell dir vor wie es ist, halb Chinesin, halb Amerikanerin, an einer internationalen Schule. Zu asiatisch für die westlichen Kids, zu westlich für die lokalen. Kampfsport war Bestandteil des Schulsports und auch gut um sich im einen oder anderen Fall zu behaupten.» Sie hielt inne. «Aber mein Sifu, mein Meister, er hat mehr Potential in mir gesehen. Er hat mir beigebracht, dass Kung Fu nicht nur Kampf ist. Es ist Meditation, Philosophie, ein Weg, Körper und Geist in Einklang zu bringen. Nach zwölf Jahren in Shanghai war es mehr als eine Sportart - es war ein Teil von mir geworden.»

«Und heute? Zwischen Kung Fu und Cybersecurity?»

«Deep-Fake-Erkennung, KI-Analyse, digitale Forensik.» Sie drehte ihr Glas in den Händen. «Ich arbeite freiberuflich für Sicherheitsfirmen, manchmal für Behörden. Die Welt wird digitaler, die Bedrohungen komplexer. Was früher ein gefälschter Ausweis war, ist heute ein komplett gefälschtes Leben online. Meine Aufgabe ist es, das Echte vom Falschen zu unterscheiden.» Sie sah auf. «Was ist mit dir? Leah meinte, du arbeitest an etwas Großem.»

Michael nickte, schien erleichtert über den Themenwechsel. «Verschlüsselung für Messaging-Apps. Unser Start-up hat gerade eine größere Finanzierung bekommen.» Ein Anflug von Stolz huschte über sein Gesicht. «Wir entwickeln neue Protokolle für anonyme Kommunikation. Sicherer als das meiste, was derzeit auf dem Markt ist. Unser Prototyp nutzt die Quantenverschlüsselung.»

Er nahm einen Schluck, wurde nachdenklicher. «Leah war immer meine erste Beta-Testerin. Niemand findet Schwachstellen so schnell wie sie.» Ein Schatten legte sich über sein Gesicht. «Aber in den letzten Monaten... es war anders. Sie begann, tiefergehende Fragen zu stellen. Nicht mehr nur nach Bugs oder Verbesserungen. Sie wollte wissen, wie man die Protokolle modifizieren könnte. Wie man damit ins Darknet kommt. Wie man dort anonym kommuniziert.»

Er starrte in sein Glas. «Vor etwa zwei Monaten fing es an. Erst dachte ich, es wäre berufliches Interesse. Sie verbrachte mehr Zeit am Computer, recherchierte viel. Aber sie sprach nie darüber, woran sie arbeitete.»

Eine kurze Pause. Sam wartete, ließ ihm Zeit.

Die Kellnerin kam, sie bestellten neue Drinks. Das gedämpfte Gemurmel der anderen Gäste füllte die Stille zwischen ihnen.

«Sie hat sich verändert», fuhr Michael schließlich fort. «Nicht von einem Tag auf den anderen. Es waren... Kleinigkeiten. Sie arbeitete mehr nachts. Hatte diese neue Intensität. Wenn ich fragte, sagte sie, es sei ein privates Projekt.» Seine Finger trommelten wieder den Code-Rhythmus auf den Tisch. «Wir haben eine Regel in unserer

Beziehung - keine Details, keine Namen, keine Fragen. Also habe ich nicht gefragt. Aber manchmal, wenn sie spät nach Hause kam...»

Er brach ab, starrte in seinen fast leeren Drink. Sam wartete wieder, ließ ihm Zeit.

«...danach saß sie oft stundenlang am Computer. Manchmal hörte ich sie tippen, mitten in der Nacht.»

«Hat sie die Clubs immer allein besucht?», fragte Sam vorsichtig.

«Meistens. Sie sagte, sie bräuchte den Freiraum. Die Anonymität.» Er lachte bitter. «Anonymität. Ausgerechnet. Und jetzt diese Fotos aus Prag.»

Sam dachte an die verschiedenen Profile auf Leahs Computer, an die systematisch organisierten Chatverläufe. An den mysteriösen User im Berghain. Sie musste vorsichtig sein mit dem, was sie sagte.

«Michael», begann sie langsam. «War sie in letzter Zeit oft im Berghain?»

Er sah auf, überrascht von der Frage. «Ein paar Mal. Wieso?»

«Nur ein Gefühl.» Sie zögerte. «Weißt du, wann sie das letzte Mal dort war?»

«Vor etwa zwei Wochen?» Er runzelte die Stirn. «Ja, muss so gewesen sein. Sie kam erst am nächsten Nachmittag zurück. War... verstört irgendwie. Hat den ganzen Tag programmiert.»

Sam spürte, wie sich ihr Nacken verspannte. Zwei Wochen. Das passte zu dem Chatverlauf mit _xoFF#dark.

Die Tür der Bar öffnete sich, ein kalter Luftzug wehte herein. Sam fröstelte plötzlich, obwohl es nicht kalt war.

«Es wird spät», sagte sie. «Wir sollten zurückgehen.»

Sie zahlten, traten hinaus in die Berliner Nacht. Die U-Bahn war um diese Zeit noch gut gefüllt - Nachtschwärmer, Touristen, Partygänger. Sam beobachtete die Menschen um sie herum mit neuem Interesse. Wer von ihnen mochte Leah gesehen haben? An jenem Abend, als sie verschwand?

Der Zug rumpelte durch den Tunnel. Michaels Worte hallten in ihrem Kopf nach. Eine verstörte Leah, die stundenlang programmierte. Systematisch organisierte Chat-Verläufe. User-Profile als Deckung für... ja, für was eigentlich?

Sam brauchte Klarheit. Und sie wusste aus Erfahrung, dass ihr Kopf am besten funktionierte, wenn ihr Körper im Einklang war. Morgen früh würde sie zuerst zum Kung-Fu Studio in Schöneberg gehen. Meister Chen, ein alter Freund ihres Lehrers aus New York, hatte sein Studio hier seit über zwanzig Jahren. Bei ihren früheren Berlin-Besuchen war es ihr Anker gewesen - ein Stück Heimat in der fremden Stadt. Ein paar Stunden Training würden ihren Kopf frei machen. Danach würde sie sich wieder Leahs Computer vornehmen. Diesmal würde sie tiefer graben.

2 0:50 Uhr. «Make-up ist bereit», meldete Yuri aus Zelle 4. Er trug einen weißen Laborkittel, seine Bewegungen waren routiniert wie die eines Chirurgen. Das schwarze Cocktailkleid der Gefangenen war zerknittert, aber noch brauchbar. Mascara, der verlaufen würde. Rouge, das verschmieren würde. Lippenstift, der sich über ihr Gesicht ziehen würde. «Die Tränen werden authentisch aussehen.»

Dr. Klein nickte abwesend, die Augen auf ihre Monitore gerichtet. «8.743 User bereits eingeloggt. Durchschnittliche Latenz bei 42 Millisekunden.»

«Payment-Status?», fragte Kozlov, die Zigarette zwischen den Fingern.

«92% der Vorab-Zahlungen sind eingegangen. Bitcoin-Mixer arbeiten normal.» Sie scrollte durch die Daten. «Erwarteter Umsatz für heute: circa 870.000 Dollar.»

20:57 Uhr. «Streaming-Buffer bei 100%», meldete der Techniker. «CDN-Verteilung optimal.»

21:00 Uhr. Die Rendering-Engine erwachte zum Leben. Das Intro startete. Das Logo verblasste und auf den Hauptmonitoren materialisierte sich der virtuelle Eingang: Eine massive Stahltür, Rostspuren wie getrocknetes Blut. Der Korridor dahinter ein Albtraum aus Beton und flackernden Neonröhren. Die 3D-Engine renderte Wassertropfen, die von der Decke fielen. Das Echo ihrer Aufschläge wurde in Echtzeit berechnet.

Erste Zellen rechts und links. Schatten bewegten sich hinter vergitterten Sichtfenstern. Gedämpfte Schreie, perfekt abgemischt auf Kanal 7. Der Gang machte eine Biegung, die Beleuchtung wurde wärmer. Rote Teppiche erschienen, die Wände wechselten zu dunklem Holz. Eine weitere Tür, diesmal aus poliertem Messing.

Dahinter der VIP-Raum: Ledersessel wie in einem englischen Gentlemen's Club. Kristallleuchter warfen ihr Licht auf dunkelrote Tapeten. An einer Wand ein großer Bildschirm - noch schwarz. Champagnerkühler neben jedem Sessel. Die Gläser warteten bereits.

21:02 Uhr. Die samtige Computerstimme aktivierte sich in tausenden von High-End-Kopfhörern weltweit: «Willkommen in der

Dunkelheit, meine Herren. Sie wurden sorgfältig ausgewählt. Ihre Kryptowährung wurde verifiziert.»

Eine kalkulierte Pause. Das sanfte Klirren eines Champagnerglases im Hintergrund.

«Für unsere Stammgäste: Episode 1 beginnt in einer Minute. Für unsere Neuzugänge: Sie werden Leah auf einer zehntägigen Reise begleiten. Unser neuestes Objekt ist - wie immer - völlig ahnungslos. In den kommenden Tagen werden Sie Zeuge ihrer Transformation sein. Rape. Torture. Death. Jede Episode wurde sorgfältig choreographiert, jede Reaktion wird authentisch sein, jede Übertragung ist ein Live-Event.»

Gedämpfte Klaviermusik setzte ein.

«Wir wünschen angeregte Unterhaltung. Die Show beginnt in wenigen Augenblicken.»

21:03 Uhr. «Action», sagte Kozlov leise in sein Mikrofon.

«Kamera 3», ordnete er an. «Zeig mir den Korridor.»

Auf den Monitoren erschien der schwach beleuchtete Gang zwischen den Zellen. Die letzten zwölf Stunden hatte Marek seine Rolle perfekt gespielt. Seien Zelle lag direkt neben Leahs. Seine Drohungen und obszöne Kommentare hatten Leahs Angst systematisch gesteigert.

«Yuri.» Kozlovs Stimme war samtig. «Lass die Schlüssel stecken. Mach es beiläufig.»

Das metallische Klicken der Schlüssel hallte durch den Gang. Yuris schwere Schritte entfernten sich.

«Jetzt, Marek.»

Die Zellentür öffnete sich quietschend. Mareks Stimme klang heiser, rau. «Weißt du, was die mir als letzten Wunsch erfüllt haben, Süße?» Seine Schritte näherten sich Leahs Zelle. «Rate mal...»

«Kamera 2», befahl Kozlov. «Gib mir ihr Gesicht.»

Der Close-up füllte den Hauptmonitor. Make-up und Beleuchtung hatten ganze Arbeit geleistet. Jede Nuance von Furcht war gestochen scharf zu erkennen.

«Perfekt», murmelte Dr. Klein. Die Viewer-Zahlen steigen weiter.

«Öffne die Tür, Marek», wies Kozlov über das Earpiece an. «Langsam. Lass sie die Panik spüren.»

Das schwere Schloss rastete hinter ihm ein als er ihre Zelle betrat.

«Showtime.» Kozlov lehnte sich vor. «Aber denk dran - keine bleibenden Spuren. Sie muss für die weiteren Drehtage präsentabel bleiben.»

Die nächsten fünfzig Minuten dirigierte er die Szene wie ein Choreograph. Das Drehbuch existierte nur in seinem Kopf, jede neue Anweisung trieb die Gewalt weiter.

«Nutze die Kabelbinder», wies er Marek an. Die Anzahl der Kommentare stiegen mit jeder Eskalation.

«Jetzt», sagte er gegen Ende, die Zigarette zwischen den Lippen, «markiere dein Revier. Zeig allen, wem sie gehört.»

21:55 Uhr. «Fade to black», ordnete Kozlov an. «Langsam. Lass sie das Bild noch ein paar Sekunden in ihren Köpfen behalten.»

Das virtuelle Intro lief in umgekehrter Reihenfolge. Zunächst die edlen Räume, durch die Korridore, zurück zur massiven Eingangstür.

«Hervorragende Show», sagte Dr. Klein, die Augen auf die Statistiken gerichtet. «Das wird übermorgen für Episode 2 noch mehr Zuschauer bringen.»

Kozlov nickte, zündete sich eine neue Zigarette an. «Clean-up-Team rein. Morgen ausruhen lassen. Übermorgen Make-up und weiter.»

In Zelle 4 lag Leah zusammengekauert in einer Ecke. Aber das interessierte hier niemanden mehr. Die Show war vorbei. Für heute.

KAPITEL 02
DIENSTAG,
18. NOVEMBER

Der Morgennebel hing noch in den Straßen Schönebergs, als Sam die schmale Treppe zum Kung-Fu Studio hinaufstieg. Ein dezentes Schild neben der Tür zeigte chinesische Schriftzeichen und darunter «Chens Wing Chun Academy». Nach der schlaflosen Nacht, den endlosen Grübeleien über Leahs Verschwinden, brauchte sie diese Routine mehr denn je.

Der vertraute Geruch von Holz, Schweiß und Kampfgeist empfing sie - der gleiche Geruch wie in Shanghai, wie in New York. Ein Stück Heimat, egal wo auf der Welt. Durch die hohen Fenster fiel bleiches Morgenlicht auf den polierten Holzboden, ließ Staubpartikel in der Luft tanzen. An den Wänden hingen kalligraphische Schriftzeichen und traditionelle Waffen. Die Trainingsmatte war bereits belegt - zwei Schüler übten Formen, ihre Bewegungen beherrscht und fließend im Rhythmus ihrer Atmung.

Meister Chen stand am Rand, die Hände hinter dem Rücken ver-
schränkt, sein durchdringender Blick folgte jeder Bewegung seiner
Schüler. Er war kleiner als Sam, aber seine Haltung strahlte eine natürliche Autorität aus. Sein kantiges Gesicht wirkte zeitlos - er könnte genauso gut fünfzig wie siebzig sein.

«Sifu», grüßte Sam respektvoll auf Mandarin und verneigte sich.

Chen drehte sich um, ein warmes Lächeln erhellte sein schmales Gesicht. «Ah, Xiao Li.» Er verwendete ihren chinesischen Namen, den
sie seit ihrer Kindheit in Shanghai nicht mehr gehört hatte. «Yuen
hat geschrieben, dass du kommst. Aber nicht, dass es so früh sein
würde.»

«Ich brauche Klarheit», sagte sie, immer noch auf Mandarin. Die vertrauten Silben ihrer zweiten Muttersprache fühlten sich tröstlich an.

Er musterte sie einen Moment lang. In seinen dunklen Augen lag
das gleiche zeitlose Wissen wie bei ihrem Meister in New York. «Der
Geist sucht manchmal zu hart», sagte er schließlich. «Beginne mit
Siu Nim Tao. Lass deinen Körper sprechen.»

Sam begann mit den Grundübungen, den vertrauten Bewegungen
der «kleinen Idee». Ihre Muskeln protestierten zunächst, steif von
der durchwachten Nacht, aber mit jeder Wiederholung löste sich etwas von der Anspannung. Die meditative Qualität der Bewegungen
half ihr, den Kopf freizubekommen.

Nach einer halben Stunde Siu Nim Tao rief Meister Chen: «Chris!»

Ein großer, athletischer Mann mit kurz geschorenem Haar unterbrach seine Übungen an der Holzpuppe. Seine Bewegungen waren präzise, fast militärisch - aber da war auch eine natürliche Ge-
schmeidigkeit, die von jahrelangem Training zeugte. Er trug einen

schlichten schwarzen Gi, der Gürtel zeigte seinen fortgeschrittenen Rang. Er verneigte sich knapp. «Chris Wagner.»

«Sam Chen-Miller.»

«Chi Sao», sagte Meister Chen einfach. «Mit Ihrer Erfahrung aus Shanghai kann Sam Dir sicher einiges zeigen.»

Sie stellten sich auf der Matte gegenüber. Sie begannen das Chi Sao vorsichtig, ihre Unterarme berührten sich leicht. Chris war gut, sehr gut sogar - seine Techniken gekonnt, seine Reflexe geschärft. Aber Sam hatte die Übung der «klebenden Hände» seit ihrem siebten Lebensjahr trainiert, und ihr Körper reagierte instinktiv auf jede seiner Bewegungen.

Ihre Arme blieben in stetem Kontakt, während sie seine Energie las und umlenkte. Fühlte den Moment, bevor er angriff. Spürte seine Absicht, noch bevor sie ausführen konnte. Chris hatte offensichtlich jahrelanges Training, aber das Chi Sao war die Königsdisziplin des Wing Chun - ein sensibler Dialog der Kräfte, bei dem rohe Stärke nutzlos war.

Chris' Kampfhaltung war interessant - klassisches Wing Chun, aber mit Elementen von etwas Härterem. Krav Maga vielleicht, oder militärisches Close Combat.

«Nicht schlecht», sagte er grinsend, während er sich geschickt aus einer Festhaltetechnik befreite. Schweiß glänzte auf seiner Stirn. «Shanghai hat dich gut vorbereitet.»

Sie wich einem schnellen Schlag aus, nutzte seine Energie für einen sanften Konter. «...und Du warst beim Militär?» fragte sie ohne ganz sicher zu sein.

Ein kurzes Zögern in seinen Bewegungen, als sie nach seiner militärischen Vergangenheit fragte. «GSG9. Früher.» Seine nächste

Kombination kam schneller, härter, als hätte die Erinnerung etwas in ihm geweckt.

Nach einer Stunde intensiven Trainings waren sie beide durchgeschwitzt. Chris hatte definitiv Talent und Erfahrung, aber Sam war schneller, ihre Techniken tiefer verwurzelt. Ein letztes Mal nutzte sie seine Kraft gegen ihn, und er landete auf der Matte.

«Das war eindrucksvoll», sagte er, als sie ihm aufhalf. «Kaffee? Da vorne ist ein kleines spanisches Café. Ich würde gerne mehr über dein Training in Shanghai hören.»

Sam zögerte. Der Computer in Leahs Wohnung wartete, die verschlüsselten Dateien, die Suche. Aber vielleicht... vielleicht würde ein Kaffee helfen, die Gedanken zu ordnen. Und etwas in Chris' offener Art machte sie neugierig.

«Gib mir zehn Minuten zum Duschen.»

Meister Chen beobachtete sie, während sie ihre Sachen zusammenpackte. Seine Augen hatten den gleichen durchdringenden Blick wie damals ihr erster Lehrer in Shanghai.

«Der Geist findet manchmal Klarheit», sagte er auf Mandarin, «wenn wir aufhören, danach zu suchen.»

Das Café war schmal und gemütlich, mit üppigen grünen Pflanzen zwischen den abgewetzten Holztischen. Sie saßen am Fenster, beobachteten die frühen Passanten auf der erwachenden Dominicusstraße. Der Duft von spanischem Kaffee mischte sich mit dem Geruch frisch gebackener Croissants.

«Das war echt beeindruckend», sagte Chris und rührte in seinem Cortado, «dein Chi Sao ist außergewöhnlich. Du musst damit schon früh begonnen haben?»

«Shanghai», nickte Sam. «Zwölf Jahre, von sechs bis achtzehn. Mein Vater war dort Diplomat.»

«Und dann gleich mit Kung Fu angefangen?»

Sam beobachtete, wie sich die Kondensierte Milch in Chris' Kaffee in feinen Spiralen auflöste. «Wing Chun war mehr als das. Als gemischtes Kind an einer internationalen Schule. Man lernt schnell, sich anzupassen. Oder sich zu behaupten.»

«Ja. Ist nicht leicht, anders zu sein.» Chris' Stimme klang nachdenklich. «Bei der GSG9 war es ähnlich. Man ist Teil einer Elite, aber der Preis ist hoch. Irgendwann passt man nirgendwo mehr richtig rein.»

Sam wollte nachfragen, aber ihr Handy vibrierte. Eine Instagram-Benachrichtigung: Leah hatte ein neues Foto aus Prag gepostet. Die kurze Ruhe des Morgens zerbrach wie dünnes Eis.

«Tut mir leid», sagte sie und stand auf. «Ich muss los. Ein dringender Termin.»

«Klar.» Chris zog eine Visitenkarte aus seiner Tasche. «Falls du mal wieder einen Trainingspartner brauchst. Oder... einen Kaffee.»

Sam steckte die Karte ein und eilte hinaus. Ihr Kopf war schon wieder bei Leahs Computer, bei den verschlüsselten Dateien, die darauf warteten, geknackt zu werden.

Die Stille in der Wohnung war fast greifbar. Sam schloss für einen Moment die Augen, atmete tief durch. Gut. Sie brauchte absolute Konzentration für das, was vor ihr lag.

Michael hatte eine Notiz auf dem Küchentisch hinterlassen. «Meeting im Office. Bin gegen 18 Uhr zurück.»

In Leahs Arbeitszimmer schien die Zeit stillzustehen. Der kleine Kaktus neben dem Monitor warf einen langen Schatten im Nachmittagslicht. Die drei Bildschirme waren wie schwarze Spiegel, warteten darauf, ihre Geheimnisse preiszugeben. Sam ließ sich in den ergonomischen Stuhl sinken, ihre Finger schwebten über der Tastatur.

Das neue Foto aus «Prag» zeigte Leah in einem Café, ein perfekt inszeniertes Lächeln auf den Lippen, einen Chai Latte vor sich. Die Kommentare unter dem Bild erzählten eine Geschichte perfekter Täuschung:

Sarah: «Typisch Leah! Erst sagst du monatelang kein Wort und dann tauchst du einfach in Prag auf! 😍»

Martin: «Das Café kenne ich! Musst unbedingt den Apfelstrudel probieren! 🖤»

Jana.Travelmaus: «Spontane Reisen sind die besten! Genieß die Zeit! 🌟»

Sabine.Pasche: «Schatz, ruf doch mal an wenn du Zeit hast! Vermisse dich! 💕»

Die Likes und Herzen sammelten sich unter dem Bild wie digitale Bestätigungen einer sorgfältig konstruierten Lüge. Sogar Leahs Mutter hatte kommentiert.

Sam scrollte durch die Kommentare während ihr eigenes Analyse-Tool bereits die versteckten Anomalien im Bild markierte. Sie aktivierte ihr Neural-Network-Framework, eine hochspezialisierte Software zur Deep-Fake-Erkennung. Die Analyse lief über den rechten Monitor, enthüllte subtile Fehler: Die Beleuchtung stimmte nicht ganz, in Leahs Haaren zeigten sich minimale Artefakte, und die

Spiegelung in der Tasse folgte einer unmöglichen Physik. Für ein untrainiertes Auge unsichtbar - aber Sam erkannte die Signaturen sofort.

Sie grub sich tiefer in Leahs System. Ein verstecktes Verzeichnis, geschützt durch drei Schichten Verschlüsselung. Die äußerste Schicht war ein militärischer Standard, die mittlere ein Algorithmus, den sie und Leah vor zwei Jahren gemeinsam entwickelt hatten. Die innerste Schicht war brillant - eine Kombination aus Quantenkryptografie und zeitbasierten Schlüsseln.

«Was hast du gefunden, Leah?», murmelte sie, während ihre Finger über die Tastatur flogen. Nach zwanzig Minuten konzentrierter Arbeit fiel die erste Barriere. Was sie fand, ließ sie scharf einatmen.

Leah hatte offensichtlich monatelang recherchiert. Die Dateien waren perfekt organisiert: Fotos von jungen Frauen, die in Ordnern abgelegt waren. Manche mit «AL» gekennzeichnet, andere mit «AX». Überweisungsprotokolle nach Osteuropa, getarnt als Import-Export-Geschäfte. Geldeingänge aus mehreren westeuropäischen Ländern. Detaillierte Karten von Transportrouten.

Eine Notiz vom Februar sprang ihr ins Auge: «Transport-Routen identifiziert. Drei Hauptwege: Balkan, Nordafrika, Südostasien. Alles läuft über Veronique. Der Escort-Service ist nur die Fassade.»

Drei Tage später: «Zusätzlich Zahlungseingänge in Kryptowährungen entdeckt. Die Beträge sind zu groß für normalen Menschenhandel. Hier läuft noch etwas anderes.»

Eine Woche danach: «Darknet-Plattform gefunden. Hohe Sicherheitsstufe. Mein erster Zugangsversuch wurde abgelehnt. Brauche einen anderen Weg rein.»

Sam scrollte weiter. Leah hatte sich offensichtlich als Journalistin ausgegeben, wollte eine Reportage über «ethisches Escorting» schreiben. Es war der perfekte Vorwand - Veronique hatte sofort zugestimmt, vermutlich dankbar für die positive PR.

Dann wurde Leah offensichtlich mutiger. Sie hatte sich Zugang zu Veroniques Computersystem verschafft, die Netzwerke analysiert, Schwachstellen gefunden. Jeder Schritt war dokumentiert, jede Entdeckung katalogisiert.

Die letzten Einträge waren kurz, die Zeitstempel dicht beieinander: «Zugriff auf Hauptserver. Sie ahnen nichts.» «Darknet-Verbindung bestätigt. Das ist größer als gedacht.» «Treffen im Berghain arrangiert. Sonntag. Muss herausfinden, was hinter den Streams steckt.»

Sam lehnte sich zurück, ihr Herz hämmerte. Leah hatte etwas Großes aufgedeckt - Menschenhandel getarnt als Escortservice und noch etwas Dunkleres, das sie noch nicht greifen konnte.

Ihr Analyse-Tool piepte. In den Prag-Fotos hatte es ein verstecktes Wasserzeichen gefunden. Ein komplexes geometrisches Muster, eingebettet in die Bilddaten wie ein digitales Brandzeichen. Sam kannte diese Signatur. Sie hatte sie vor zwei Jahren bei einer Untersuchung für das FBI gesehen.

Die Erkenntnis traf sie wie ein Schlag. Dies war nicht nur Menschenhandel. Die Streams, die verschlüsselte Plattform, die hohen Zahlungen - Leah hatte etwas viel Finstereres aufgedeckt. Und sie war direkt in deren Falle gelaufen.

Sam schloss die Analyse-Tools, löschte ihre Spuren im System. Ihr Gehirn arbeitete bereits an den nächsten Schritten. Sie brauchte Hilfe. Professionelle Hilfe.

Sie zog die Visitenkarte von Kommissar Weber aus Ihrer Tasche. «Ja, hier Weber». Er schien wirklich sofort erreichbar zu sein.

«Hallo Herr Weber, Sam Chen-Miller hier, wir hatten gestern gesprochen. Sie erinnern sich, meine Freundin Leah ist verschwunden. Ich habe weitere Details herausgefunden, die wir dringend besprechen sollten.»

«Ah, Frau Chen-Miller, natürlich erinnere ich mich. Eine vermisste Person, gefälschte Social Media Posts und mysteriöse Computeraktivitäten. Kommen Sie doch gleich morgen früh ins Büro. Sagen wir gegen 10:00 Uhr».

Draußen wurde es dunkel. Irgendwo war Leah.

Sie wollte gerade ihr Handy ausschalten, als die Vibration eine eingehende WhatsApp-Nachricht ankündigte. «Hunger? Wie wärs mit Borchardts um 20 Uhr? Nicht super formal, aber ein Tick schicker als Trainingsanzug ;-)»

Sam starrte auf ihr Handy. Die Message von Chris kam unerwartet. Sie hatte seit Stunden vor Leahs Computer gesessen, die Augen brannten vom endlosen Scrollen durch verschlüsselte Dateien. Der Gedanke an eine Pause war verlockend. Zu verlockend vielleicht.

Sie zögerte. War das richtig? Während Leah irgendwo da draußen war? Aber Sie brauchte Abstand. Neue Perspektiven. Und außerdem könnten Chris' Erfahrungen von der GSG9 wertvoll sein. Konfuzius kam ihr in den Sinn - ‚Wohin du auch gehst, geh mit deinem ganzen Herzen'. – das würde ihr helfen den Abend zu genießen.

«Adresse?», tippte sie schließlich.

«Französische Str. 47. Freue mich.»

Eine Stunde später stand sie vor ihrem Koffer. Die schwarze Stoffhose und die cremefarbene Seidenbluse hatte sie eigentlich für ein Dinner mit Leah eingepackt - eines der Restaurants auf ihrer langen «Must-try»-Liste. Jetzt fühlte sich das Auswählen der Kleidung seltsam falsch an, fast wie Verrat. Sie schlüpfte in ihre Lieblingsstiefel mit den bequemen Absätzen - eine Kung-Fu-Meisterin musste schließlich immer beweglich bleiben.

Chris wartete bereits im Borchardts in dunkelblauer Jeans und einem perfekt geschnittenen grauen Kaschmirpullover, der seine athletische Figur betonte. Etwas überrascht bemerkte sie das leichte Kribbeln im Nacken und ihre Hände, die etwas feucht wurden.

«Du siehst...» Er stockte kurz, suchte nach Worten.

«Nicht wie eine Kampfsportlerin aus?», half sie ihm grinsend, dankbar für die Möglichkeit, die aufkeimende Spannung zu brechen.

«Ich wollte sagen ,anders aus als heute Morgen', aber ja, auch das.» Er führte sie zur Bar. «Negroni?»

Sie hob überrascht eine Augenbraue.

«War geraten», gab er zu. «Du scheinst mir der Typ für klassische Cocktails mit Charakter.»

«Nicht schlecht, Mr. Wagner. Profiler-Training bei der GSG9?»

Er lachte. «Verhörtechniken. Erstes Semester.»

Der Barkeeper mixte ihre Drinks - Negroni für sie, Bourbon für ihn. Die Bar war aus dunklem Holz, die Messingbeschläge auf Hochglanz poliert. Sam beobachtete, wie Chris den Bourbon schwenkte.

«Was?», fragte er, ihren Blick bemerkend.

«Nichts. Berufskrankheit. Ich analysiere gerne Menschen.»

«Und? Was siehst du?»

Sie neigte den Kopf. «Militärische Präsenz. Aber entspannt. Du bist raus aus dem Dienst, aber die Ausbildung sitzt tief. Du scannst immer noch jeden Raum nach Ausgängen.»

«Gut erkannt.» Er prostete ihr zu. «Und du? Was bringt eine New Yorker IT-Spezialistin nach Berlin? Außer dem offensichtlichen Wunsch, arme Ex-Soldaten auf die Matte zu schicken?»

«Leah», sagte sie, und für einen Moment flackerte Sorge in ihren Augen. «Wir sehen uns ein paar Mal im Jahr. Tauschen manchmal auch unsere Wohnungen. Diesmal wollten wir zusammen die Berliner Restaurant- und Club-Szene unsicher machen.»

«Und kaum angekommen, gehst Du mit mir aus und lässt Leah allein zu Haus?»

Sam zögerte. «Schweigen ist eine Quelle großer Kraft,» sagte sie nachdenklich. «Ein Spruch von Laotse. Lass uns später über Leah reden».

Der Maître führte sie zu ihrem Tisch, in einer ruhigen Ecke mit Blick auf die Straße. Die Weinkarte war beeindruckend.

«Kennst du dich mit Weinen aus?», fragte sie, als Chris einen Grauburgunder auswählte.

«Teil des Jobs. Klienten lieben Business-Dinner.» Er lehnte sich zurück. «Sicherheitsberatung hat definitiv ihre Vorteile gegenüber Nachteinsätzen.»

Das Essen war ausgezeichnet - Thunfisch-Tatar für sie, Entenbrust für ihn. Die Gespräche flossen mühelos. Sam erzählte von ihrer Kindheit zwischen Botschaftsempfängen und chinesischer Schule, von ihrer Mutter, die jetzt bei der US-Vertretung in der UN mitarbeitete, und ihrem Vater, der an der Columbia University Künstliche Intelligenz lehrte.

«Und deine kleine Schwester ist Ärztin? Das müssen interessante Familiendinner sein.»

«Amy ist der normale Part der Familie», lachte Sam. «Verheiratet, zwei Kinder, Haus in Chicago. Sie hält uns andere am Boden.»

«Und du bist die Nomadin?»

«Ich mag Veränderung. Neue Städte, neue Perspektiven.» Sie zuckte mit den Schultern. «In meiner Wohnung in New York ist gerade ein Freund aus London. Wir haben so ein informelles Netzwerk - Programmierer, Hacker, Sicherheitsexperten. Man tauscht Wohnungen, Ideen, Projekte.»

Chris betrachtete sie über sein Weinglas hinweg. «Klingt einsam.»

«Sagt der Ex-GSG9-Mann, der nachts Kampfsport trainiert.»

Ein Schatten huschte über sein Gesicht. «Touché.»

«Sorry», sagte sie leiser. «Das war unfair.»

«Nein, war es nicht.» Er schwieg einen Moment, sein Blick auf einen fernen Punkt gerichtet. «Es war bei einer Mission in Frankfurt. Geiselnahme. Wir waren ein eingespieltes Team - Frank, Stefan und ich. Hatten gefühlt schon hundert Einsätze zusammen gemacht.» Er fuhr mit dem Finger über den Rand seines Weinglases. «Das Briefing war schlecht. Das Gebäude hatte einen zweiten Keller, von dem wir nichts wussten. Als wir die Sprengfallen bemerkten...» Seine Stimme wurde leiser. «Frank und Stefan waren vorne. Ich hatte Deckung. Hätte ich die Signale früher erkannt...» Er trank einen langen Schluck Wein. «Drei Sekunden. Manchmal trennen drei Sekunden Leben und Tod.»

Seine Augen fanden ihre. «Ich blieb noch ein Jahr. Machte weiter. Aber jedes Mal wenn ich einen Raum betrat, sah ich die Schatten der Vergangenheit. Irgendwann wurde mir klar - manchmal sind Veränderungen nicht nur notwendig. Sie sind der einzige Weg zu überleben.»

Sie nickte verstehend. Stille breitete sich zwischen ihnen aus, aber es war keine unangenehme Stille.

Die Jazz-Bar, die sie später besuchten, war ein ehemaliger Weinkeller mit Gewölbedecken und flackernden Kerzen. Ein Trio spielte gedämpften Jazz, der Kontrabass vibrierte durch den Raum. Sie fanden eine Nische, die Sitze aus abgenutztem Leder. Ihre Knie berührten sich unter dem kleinen Tisch.

«Magst du mir jetzt von Leah erzählen?», fragte er sanft.

Sam drehte ihr Glas zwischen den Fingern. Vielleicht war es der Wein, vielleicht die Musik, vielleicht einfach Chris' Art zuzuhören. Sie begann zu erzählen.

Während Sam sprach, hatte Chris sein Weinglas vergessen. Der Bordeaux wärmte sich langsam in seinem Glas, unberührt seit sie begonnen hatte zu erzählen. Seine freie Hand lag auf dem Tisch, die Finger unbewusst zu einer Faust geballt, als sie die beunruhigenden Details schilderte.

Als das Taxi sie nach Hause brachte, lag eine unausgesprochene Spannung in der Luft. Sie spürten beide die Verbindung, die zwischen ihnen entstanden war - eine Mischung aus gegenseitigem Respekt, geteilten Erfahrungen und etwas, das unter anderen Umständen hätte mehr werden können.

«Pass auf dich auf», sagte er zum Abschied, seine Stimme warm, aber professionell. «Und melde dich, wenn du Unterstützung brauchst. Bei der Suche.»

Sie sah dem Taxi nach, bis es um die Ecke verschwand. Die Nachtluft war kühl auf ihrer erhitzten Haut. In ihrer Tasche vibrierte das Handy - ihr Analyse-Programm hatte etwas in Leahs Dateien gefunden.

Der Moment war vorbei. Die Realität wartete.

Dr. Klein starrte auf die Monitore. Der Kontrollraum war ihr Reich - drei Reihen Monitore, exakt ausgerichtet, jeder Bildschirm perfekt kalibriert. Acht Jahre war es her, dass die Ethikkommission der Universität sie vernichtet hatte. «Unmenschlich» hatten sie ihre Forschung genannt, ihre Methoden verurteilt. Als ob echte Wissenschaft ohne Opfer möglich wäre. Die Neural Engine vor ihr war ihr persönlicher Triumph - perfekter als alles, was ihre ehemaligen Kollegen je erreichen würden. Hier gab es keine ethischen Grenzen, keine heuchlerischen Moralpredigten. Nur reine Daten. Authentische Emotionen. «Die KI lernt exponentiell», murmelte sie, während sie durch die Analyseergebnisse scrollte. Die akademische Welt hatte sie ausgestoßen, aber hier hatte sie endlich die Freiheit gefunden, die ihre Forschung brauchte. Der Preis dafür war ihr gleichgültig geworden.

«Location-Check», sagte sie, ohne den Blick von den Displays zu nehmen. Zwölf verschiedene Kamera-Feeds leuchteten vor ihr auf. «Zeig mir die Fluchtroute.»

Der junge Techniker – Dr. Klein nannte ihn nur «Seven» – reagierte sofort. Sein eigentlicher Name war Amir, aber Namen waren hier bedeutungslos. Auch dass er mehrere Filme produziert hatte, zählte nicht. Was zählte, waren die versprochenen Papiere. Seine Familie in Teheran wartete auf Nachricht von ihm.

«Schneller», bellte Dr. Klein. «ich hab nicht ewig Zeit.»

Seven nickte stumm. Er hatte gelernt, nicht zu viele Fragen zu stellen. Zwei seiner Vorgänger hatten das versucht. Keiner von ihnen war je wieder gesehen worden. Er würde durchhalten, würde tun was sie verlangten. Bis er seine Papiere hatte. Bis seine Familie in Sicherheit war. Oder bis er zu viel gesehen hatte, um je wieder frei zu sein.

Einer nach dem anderen aktivierten sie die Kamera-Feeds: Zellentür. Korridor. Die schwere Eisentür. Der verlassene U-Bahn-Tunnel dahinter, in gespenstisches Notlicht getaucht.

Der Geruch teuren Rasierwassers kündigte Viktor Petrov an. Seine kalten Augen musterten die Monitore mit der gleichen Aufmerksamkeit, mit der er früher Cybercrime-Operationen geleitet hatte. Neben ihm erschien Ivan Kozlov. Früher hatte der Pole «normale» Pornos gedreht. Jetzt inszenierte er Alpträume.

«Andrew erwartet den Wochenbericht», sagte Petrov. Seine Stimme hatte die geschliffene Härte eines Mannes, der gewohnt war, dass seine Befehle ohne Fragen ausgeführt wurden. «Unser Londoner Partner ist ungeduldig.»

«Die Verfolgungssequenz wird seiner Vorstellung entsprechen», versicherte Kozlov, während er eine neue Zigarette anzündete. Er sah wesentlich älter aus, als seine 41 Jahre, aber, seine Augen leuchteten beim Anblick der Kamerafeeds. Früher, bei seinen Pornofilmen in Warschau, hatte er immer nach dem perfekten Moment gesucht - dem Augenblick echter Emotion in all der gespielten Lust. Aber das hier, das war Kunst in ihrer reinsten Form.

«Die Beleuchtung muss perfekt sein», wies er Yuri an. «Wir erschaffen hier keine billige Unterhaltung. Wir dokumentieren die Essenz menschlicher Existenz.» Er strich fast zärtlich über einen der Monitore. In seinen Augen spiegelte sich der kalte Glanz eines Mannes, der seine wahre Berufung gefunden hatte. «Das Team ist perfekt vorbereitet.»

«Zusätzlich haben wir die Route markiert.» Dr. Klein rief eine 3D-Simulation auf. «Ultraviolett-Markierungen alle zwanzig Meter. Die Verfolgung wird optimal für die Datenerfassung sein.»

Petrov nickte anerkennend. Mit 45 Jahren und der Erfahrung aus zahllosen verdeckten Operationen erkannte er Professionalität, wenn er sie sah.

Auch Kozlov nickte. Das war es, was er an Sarah Klein schätzte - ihre deutsche Präzision, ihre Liebe zum Detail. Sie beide waren Künstler auf ihre Weise. Er erschuf Albträume, sie verwandelte sie in Daten.

«Die Zuschauer lieben Verfolgungsjagden», murmelte er. «Besonders wenn sie von vornherein aussichtslos sind.» Er wandte sich an Boris, den Ex-Speznas, der wie ein Schatten an der Wand lehnte. «Der Wärter ist gebrieft?»

Boris war in der Hierarchie der Organisation der Vollstrecker - effizient, diskret und absolut loyal. «Alles nach Plan. Yuri wird beim Essenbringen ‚vergessen' abzuschließen. Punkt 21 Uhr.»

Dr. Klein rief eine neue Grafik auf. Zahlen und Statistiken scrollten über den Bildschirm. «Die Viewer-Statistiken der Episode 1 waren exzellent», berichtete Dr. Klein und rief neue Grafiken auf. «9.987 zahlende Zuschauer und für Episode 2 erwarten wir noch etwas mehr. Die KI lernt mit exponentieller Geschwindigkeit. Bald können wir Live-Sessions komplett ohne echte Opfer produzieren, die von echten nicht zu unterscheiden sind. Dann verlassen wir endlich diesen Bunker und arbeiten aus einem richtigen Studio.»

«Instagram Update?», fragte Petrov scharf.

Dr. Klein wechselte zu einem anderen Monitor. Ihre KI-Algorithmen waren ihr ganzer Stolz. «Die Prag-Posts sind perfekt. Die Bildsynthese ist auf höchstem Niveau. Siebenundzwanzig Kommentare sind unter dem letzten Bild.» Sie scrollte durch die Reaktionen. «'Genieß die Stadt der hundert Türme!' ‚Das Café kenne ich, beste Chocolate Cake ever!' Selbst engste Freunde haben keine Zweifel. Eine hat geschrieben: ‚Total dein Stil, spontan nach Prag zu verschwinden!'»

«Gut.» Petrov zog an seiner Zigarette. «Je mehr Leute denken, sie wäre auf Reisen, desto besser.»

Dr. Klein lächelte. Die Deep-Fake-Technik war wie geschaffen, Menschen hinters Licht zu führen. «Die KI lernt mit jedem Post. Die Bildgenerierung wird immer perfekter.»

«Boris?», fragte Dr. Klein. «Du und Marek seid vorbereitet?». Die beiden «Performer» waren wichtige Werkzeuge in ihrer Operation - der eine ein erfahrener Pornodarsteller, der andere ein Ex-Soldat mit speziellen Neigungen. Petrov hatte beide aus dem Knast geholt und nun arbeiteten sie ihre Schulden ab.

«Sie wissen genau, wann und wo.» Kozlov tippte auf einen der Bildschirme. «Der Kameramann wird sie ab hier begleiten. Handkamera. Raw. Real.»

«Das Material wird exzellente Trainingsdaten liefern», sagte Dr. Klein. Ihre KI brauchte authentische Emotionen. Echte Angst. Echten Schmerz. Die synthetischen Versionen wurden damit immer perfekter.

Auf einem der Monitore war Leah zu sehen, zusammengerollt auf ihrer Pritsche. Währenddessen kommentierten ihre Freunde begeistert ihre vermeintlichen Urlaubsfotos aus Prag.

«Die Erschöpfung wird die Sequenz noch intensiver machen», bemerkte Kozlov. Seine Augen glänzten im Licht der Monitore.

Dr. Klein aktivierte die letzten Systeme. «Die Rückführung ist auch durchgeplant. Sie wird am Ende durch den Gang geschleift. Ein starkes Schlussbild.»

«Perfekt.» Kozlov drückte seine Zigarette aus. Ein leichtes Lächeln spielte um seine Lippen. «Morgen, 21 Uhr. Showtime.»

KAPITEL 03
MITTWOCH, 19. NOVEMBER

Seine Hände zitterten leicht, als Michael die Tassen mit Kaffee füllte - feine Risse in der Fassade der Beherrschung. Die durchwachte Nacht hatte tiefe Schatten unter seine Augen gezeichnet.

Sam saß am Küchentisch, eingehüllt in den warmen Kaffeegeruch und das kühle Blau ihres Laptopbildschirms. Die nächtlichen Analysen liefen noch, ein endloser Strom von Daten und Codes. Auf dem zweiten Monitor scrollte sie durch Leahs digitales Leben - ein Kaleidoskop aus Momenten, die jetzt surreal erschienen.

«Wie war dein Abend?», fragte Michael, während er ihr einen Americano hinstellte. Seine Stimme klang rau, als hätte er stundenlang geschwiegen.

«Aufschlussreich.» Sam nahm einen Schluck, ließ den bitteren Geschmack auf ihrer Zunge zergehen. «Chris kennt die Berliner

Clubszene besser als die meisten. Aber lass uns über etwas anderes reden. Die Prag-Posts.»

Ihr Handy vibrierte wie ein elektronischer Herzschlag auf dem Tisch. Eine neue Instagram-Benachrichtigung leuchtete auf: Leah am Prager Hauptbahnhof, lächelnd, mit einem Kaffeebecher in der Hand. ,Magische Tage in Prag, ich habe noch etwas verlängert! ♥ #praglife #timetoexplore' Darunter bereits ein Dutzend begeisterter Kommentare ihrer Freunde.

«Perfektes Timing», murmelte Sam. Sie drehte den Laptop zu Michael. «Ich habe noch Zugang zu allen ihren Backup-Systemen. Sämtliche Passwörter, alle Accounts. Sie hat mir vor Monaten Notfall-Zugang gegeben - für den Fall, dass mal etwas schiefgeht.»

Michael starrte auf den Bildschirm, seine Augen fixierten die Login-Maske wie ein Rettungsanker. «Du meinst wir sollten was aus ihrem Account posten?...»

Michael stand auf, begann unruhig in der Küche auf und ab zu gehen. Seine Hände ballten sich zu Fäusten, entspannten sich wieder. «Wenn wir das tun... was ist, wenn wir damit alles nur schlimmer machen?»

Sam beobachtete ihn, wartete. Sie kannte diesen Moment der Entscheidung, wenn Logik und Emotion um Vorherrschaft kämpften. «Die Posts sind perfekt getimt», fuhr er fort, mehr zu sich selbst als zu ihr. «Prag macht Sinn. Sie reist gerne spontan. Niemand würde es hinterfragen.» Er blieb am Fenster stehen, starrte auf die erwachende Stadt hinaus.

«Wenn wir jetzt Alarm schlagen und sie... sie ist irgendwo da draußen, Sam. Was wenn sie ihr deswegen etwas antun?»

«Oder sie tun es sowieso», sagte Sam leise. «Und niemand sucht nach ihr, weil alle denken, sie macht Urlaub in Prag.»

Michael lehnte seine Stirn gegen das kühle Glas. «Wir sollten zur Polizei gehen. Weber...»

«Weber braucht Beweise. Social Media Posts, die echt aussehen. Keine besorgten Freunde.» Sams Stimme wurde eindringlicher. «Die Entführer fühlen sich sicher. Sie denken, sie hätten die perfekte Tarnung. Wir müssen diesen Schutz durchbrechen.»

«Aber was, wenn...» Er brach ab, drehte sich zu ihr um. In seinen Augen kämpfte die Angst mit Entschlossenheit.

«Michael.» Sam stand auf, trat neben ihn. «Leah ist Informatikerin. Sie weiß, wie wertvoll Information ist. Wenn sie könnte, würde sie wollen, dass wir die Wahrheit verbreiten. Laut und deutlich.»

Er starrte auf ihr Handy, wo Leahs angeblich neuestes Foto aus Prag leuchtete. Seine Kiefermuskeln spannten sich an.

«Du hast recht. Verdammt, du hast ja recht. Je mehr Menschen wissen, dass etwas nicht stimmt, desto mehr Augen werden nach ihr suchen.»

Mit neu gefundener Entschlossenheit setzte er sich an den Laptop, seine Finger schwebten über der Tastatur wie ein Pianist vor dem ersten Anschlag. «Was soll ich schreiben? Wie erklärt man so etwas?»

Sam lehnte sich vor, der Dampf ihres Kaffees stieg zwischen ihnen auf wie ein Nebelschleier. «Die Wahrheit. Aber vorsichtig. Wir brauchen Informationen, keine Panik. Keine wilden Theorien. Nur die Fakten.»

Michael begann zu tippen, seine Finger tanzten über die Tasten, stockten, löschten, begannen neu. Das leise Klicken der Tastatur füllte die Morgenstille. Nach mehreren Anläufen stand da:

‚An alle Freunde von Leah: Dies ist Michael, Leahs Partner. Die Prag-Posts der letzten Tage sind FAKE - technisch manipulierte Deep Fakes. Leah wird seit Sonntagnacht vermisst. Die Polizei ist eingeschaltet. Bitte helft uns: Hat jemand von euch Leah seit Sonntag gesehen? Wo? Wann? Jedes Detail könnte wichtig sein. DM oder Email an michaelr@... Danke. #FindLeah'

«Warte.» Sams Hand schoss vor, als Michaels Finger sich der Enter-Taste näherte. «Die Entführer werden es sofort sehen. Sie werden wissen, dass wir ihnen auf der Spur sind.»

«Genau das wollen wir doch.» In Michaels Stimme lag einen Hauch von Verzweiflung. «Sie sollen wissen, dass wir sie finden werden.»

«Sie werden nervös werden. Fehler machen.» Sie nickte ihm zu, ihre Augen hart wie Obsidian. «Tu es.»

Michael drückte Enter. Eine digitale Schockwelle, die sich durch das Netzwerk ausbreitete.

Die Reaktionen kamen in Wellen. Erst einzelne Tropfen, dann eine Flut. Unglaube. Entsetzen. Fragen. Anteilnahme. Erste zaghafte Hinweise. Der Post verbreitete sich wie ein Lauffeuer durch Leahs digitales Universum.

Im dritten Stock eines unscheinbaren Bürogebäudes in Marzahn, getarnt als Import-Export-Firma, leuchtete ein rotes Warnsignal auf einem von Dr. Kleins Monitoren auf. Die ehemalige KI-Forscherin saß wie versteinert vor ihrer Wand aus Displays.

«Problem», sagte sie scharf, ihre Stimme schnitt durch die klimatisierte Büroluft. «Der Partner hat ihren Account gekapert.»

Petrov, der gerade eine Videokonferenz beendet hatte, beugte sich über ihre Schulter, las den Post von Michael. Seine Augen verengten sich zu Schlitzen.

Dr. Kleins Finger flogen über die Tastatur, riefen Protokolle und Logs auf. «Interessant, die Login-Daten kamen über ein verschlüsseltes Backup-System. Das ist keine Amateur-Arbeit.» Sie scrollte durch Datenströme. «Das Routing läuft über multiple VPNs, verschachtelt wie russische Puppen.»

«Was weißt du über den Partner?»

«Michael Reichert. Frontend-Entwickler, arbeitet für ein Startup. An sich harmlos.» Sie öffnete neue Fenster, Datenbanken, Profile. «Aber er scheint ein echter Profi zu sein, wenn es darum geht seine Zugangsdaten unsichtbar zu machen. Mir ist unklar, warum er das macht, wenn er gleichzeitig mit seinem Namen unterschreibt.»

Petrov zündete sich eine Zigarette an, der Rauch kräuselte sich in der sterilen Büroluft. «Lösch den Post.»

«Unmöglich.» Dr. Klein schüttelte den Kopf, während sie durch die Statistiken scrollte. «Über zweihundert Shares in den ersten zehn Minuten, die Kurve ist exponentiell. Der Post ist viral.»

«Das gefährdet die gesamte Operation.» Petrov drückte seine Zigarette aus, sein Gesicht eine Maske kalter Wut. «Sollte sich Andrew bei dir melden: Wir haben alles unter Kontrolle.»

Er wandte sich zum Gehen, hielt dann inne. «Warum hat Michael diesen verschlüsselten Zugang gewählt? Lass uns die Wohnung überwachen. Dann bekommen wir ein klares Bild. – ich möchte nichts dem Zufall überlassen.»

Dr. Klein nickte, während ihre Finger bereits neue Suchalgorithmen starteten. In ihrem Kopf formte sich ein Verdacht. Die forensischen Spuren, die sie in den letzten Tagen gefunden hatte - die Analysen ihrer Deep Fakes. Das konnte nicht Michael gewesen sein.

Die Morgensonne spiegelte sich in den Fenstern des Bürogebäudes, während unter der Stadt, in der Dunkelheit des Bunkers, eine junge Frau vor einer unverschlossenen Tür stand und nicht wusste, dass ihr Zeitfenster sich rapide schloss.

Der Instagram-Post hatte eine Welle losgetreten. Sam scrollte durch die Kommentare, während sie im Wartebereich des Polizeipräsidiums saß. Drei Leute wollten Leah am Sonntag im Berghain gesehen haben.

Das Polizeipräsidium am Platz der Luftbrücke wirkte weniger imposant als bei ihrem ersten Besuch.

Kommissar Weber erwartete sie bereits, sein grauer Anzug so zerknittert wie sein Gesicht. Auf seinem Schreibtisch dampfte ein Becher Kaffee neben einem Berg von Akten.

«Frau Chen-Miller.» Er deutete auf den Stuhl vor seinem Schreibtisch. «Sie wollten mich dringend sprechen?»

Sam setzte sich, ihr Laptop wie ein Schutzschild vor sich. «Haben Sie die sozialen Medien heute Morgen gecheckt?»

Weber nickte müde. «Mein Team hat mich informiert. Der Post von Herrn Reichert. Nicht gerade die übliche Vorgehensweise bei einer Vermisstensuche.»

«Aber effektiv.» Sam öffnete ihren Laptop. «Die Reaktionen kommen seit Stunden. Und es gibt mehrere Hinweise, dass Leah am Sonntag im Berghain gesehen wurde.»

Weber lehnte sich vor, seine müden Augen wurden schärfer. «Das Berghain? Wann genau?»

«Gegen 23 Uhr. Drei verschiedene Leute haben sie an der Bar gesehen. Eine davon - eine gewisse Marie - schreibt, Leah wäre mit einer sehr attraktiven Frau dagewesen.» Sam scrollte durch die Kommentare.

Weber machte sich Notizen. «Was wissen Sie über Leahs Aktivitäten in den letzten Wochen?»

Sam holte tief Luft. Der entscheidende Moment. «Sie muss auf etwas im Netz gestoßen sein und hat begonnen zu recherchieren. Dabei ging es um einen Escort-Service namens ‚Veronique‘. Menschenhandel, getarnt als legales Escort-Business.»

Webers Stift hielt mitten in der Bewegung inne. Seine Augen verengten sich kaum merklich. «Woher wissen Sie das?»

«Ich hatte Zugang zu ihrem Computer. Notfall-Protokoll zwischen IT-Spezialisten.» Sie hielt seinem Blick stand. «Sie hat monatelang Beweise gesammelt. Überweisungen nach Osteuropa. Gefälschte Import-Export-Geschäfte. Sie hatte sich als Journalistin einen Termin bei dem Escort-Serviceverschafft und das Interview scheint auch tatsächlich stattgefunden zu haben – und jetzt ist sie verschwunden!»

«Und wissen Sie, mit wem sie sich im Berghain getroffen hat?»

«Sie hatte sich dort mit einer Escort-Dame getroffen. Offensichtlich war das nicht ihre einzige Buchung. Sie hat mehrere Treffen mit unterschiedlichen Damen dokumentiert.»

«Sie traf sich... mit Frauen?»

«Nein, nicht so wie sie denken. Das muss im Rahmen ihrer Recherchen erfolgt sein. Ich bin überzeugt, der Escort-Service hat mit ihrem Verschwinden zu tun.

Weber lehnte sich zurück, sein Stuhl quietschte noch genau wie beim letzten Treffen. Seine Finger trommelten einen nachdenklichen Rhythmus auf die Schreibtischplatte. «Frau Chen-Miller, ich sage Ihnen das jetzt nur einmal: Überlassen Sie die Ermittlungen der Polizei.»

«Aber-»

Er hob die Hand. «Wir sind an dem Fall dran. Wir überwachen Victor Petrov und sein Export-Import Geschäft bereits sein Monaten. Wenn Sie jetzt eigenmächtig handeln gefährden sie die gesamte Operation.»

«Leah ist meine beste Freundin», unterbrach Sam ihn. Ihre Stimme war leise, aber fest. «Und sie ist da draußen. Irgendwo. Während wir hier reden.»

Weber lehnte sich in seinem Stuhl zurück, sein Gesicht eine Maske der Erschöpfung. Sein Blick wanderte zu einem Stapel Akten auf seinem Schreibtisch. «Hören Sie, ich verstehe Ihre Position. Aber das hier ist größer als eine vermisste Person.» Er zögerte kurz. «Was ich Ihnen jetzt sage, bleibt unter uns: Europol drängt auf Ergebnisse. Die haben Hinweise auf ein internationales Netzwerk, das bis nach London und St. Petersburg reicht. Aber wir kommen im Darknet nicht weiter. Den Haag schickt uns Analysten, aber die brauchen Wochen, um sich einzuarbeiten.»

Er stand auf, trat ans Fenster. «Unsere Cyber-Crime-Einheit ist hoffnungslos überlastet. Drei Leute für ganz Berlin, und die sind mit Ransomware-Attacken beschäftigt.» Er rieb sich die Schläfen. «Meine Vorgesetzten wollen schnelle Resultate. Der Polizeipräsident hat gestern noch angerufen - irgendein Politiker macht Druck wegen der Escort-Connections.»

Er drehte sich zu ihr um, musterte sie eindringlich. «Ich habe Ihre Akte gesehen. MIT-Abschluss, Spezialistin für Deep-Fake-Erkennung, Darknet-Expertise. Und ehrlich gesagt - Sie werden sowieso auf eigene Faust ermitteln, oder?» Ein schwaches Lächeln huschte über sein Gesicht. «Die Frage ist nur, ob kontrolliert oder unkontrolliert.»

Sam wartete ab. Sie spürte, dass mehr kommen würde.

«Ich mache Ihnen einen Vorschlag», sagte er schließlich. «Sie begleiten mich morgen zu Veronique - als Polizeimeisterin Miller von Europol. Ihre IT-Expertise könnte uns Details liefern, die meinen Leuten entgehen. Vielleicht sehen Sie Muster in ihrer technischen Infrastruktur, Verbindungen, die uns neue Ansätze geben.» Er lehnte sich vor. «Aber Sie halten sich im Hintergrund. Beobachten nur. Und Sie berichten mir sofort, wenn Sie etwas finden.» Seine Augen wurden hart. «Keine Alleingänge. Keine privaten Ermittlungen. Haben wir uns verstanden?»

Sam nickte langsam. «Verstanden.»

«Gut.» Weber setzte sich wieder. «Ich werde einen Termin vereinbaren. Das Thema wird sein - verschwundene Journalistin, die mit ihr ein Interview hatte. Reine Routinesache, um allen Spuren nachzugehen. Sie darf keinen Verdacht schöpfen, dass wir an mehr dran sind.»

Draußen empfing sie der Berliner Vormittagsverkehr mit seinem stetigen Rauschen. Sam checkte ihr Handy. Neue Kommentare unter Michaels Post. Neue Theorien. Neue Fragen.

Sie hatte Weber nicht alles erzählt. Nichts von den Darknet-Aktivitäten. Nichts von den verschlüsselten Streams. Nichts von ihren eigenen Vermutungen.

Morgen würde sie Veronique treffen. Vielleicht würde sie dort Antworten finden. Oder neue Fragen.

Die Jalousien in Leahs Arbeitszimmer waren geschlossen. Sam hatte die Monitore neu arrangiert - links die Darknet-Feeds, in der Mitte ihre Analyse-Tools, rechts Leahs entschlüsselte Dateien. Der kleine Kaktus warf einen langen Schatten im Licht der Displays.

Die Signatur aus den Prag-Fotos schwebte im zentralen Fenster. Ein komplexes geometrisches Muster, eingebettet in die Metadaten. Sam hatte es schon einmal gesehen, vor zwei Jahren, bei einem Fall von manipulierten Banktransaktionen. Damals führte die Spur nach St. Petersburg.

Sie öffnete einen verschlüsselten Browser, aktivierte ihre Private-Keys. In der Hackerszene kannte man sie als ‚Phoenix' - ein Ruf, den sie sich über Jahre aufgebaut hatte. Ihre Finger navigierten durch die versteckten Ebenen des Darknets.

Das geometrische Muster war eine Signatur. Ein Wasserzeichen. Ein Zeichen des Stolzes.

«Zeig dich», murmelte sie, während sie tiefer grub.

Ein Chatroom. Dann ein Forum. Verschlüsselte Channels, einer nach dem anderen. Die Signatur tauchte immer wieder auf, subtil variiert. Ein Muster im Chaos.

Ein privater Channel öffnete sich. ,_xoFF#dark war hier', blinkte die Nachricht.

Sam hatte Jahre damit verbracht, sich im Darknet zu bewegen. Die offensichtlichen Marktplätze - Drogen, Waffen, gehackte Kreditkarten - waren nur die Oberfläche. Darunter lag ein Netzwerk aus privaten Channels, verschlüsselten Foren und geschlossenen Communities. Wer hier Zugang wollte, brauchte mehr als technisches Wissen. Man brauchte Reputation. Vertraute Fürsprecher. Oft auch Beweise für die eigenen Fähigkeiten.

Der Channel führte sie zu einer versteckten Seite. Der Tor-Browser zeigte die Adresse. Neuste Version, 56 Zeichen Adresse und dem typischen «.onion» als Top-Level-Domain.

styxidpl4d82n2k2f33k3...lsd230wn5djb3k9238n49.onion

Schwarzer Hintergrund, minimales Interface. «S.T.Y.X.» prangte in blutroten Lettern über einem Anmeldeformular.

«Willkommen bei S.T.Y.X.», scrollte der Text. «Der exklusivste Club für spezielle Unterhaltung. Mitgliedschaft nur auf Antrag und nach sorgfältiger Prüfung. Jahresgebühr: 0.1 BTC.»

Sam überflog die Regeln. Neue Mitglieder mussten sich verifizieren - technische Fähigkeiten, finanzielle Mittel, absolute Diskretion. Das «Premium Live-Session-Paket» kostete zusätzlich 0.01 Bitcoin pro Staffel und umfasste fünf Shows.

Sie öffnete ihre Phoenix-Identität. Jahre sorgfältig aufgebauter Reputation in der Hacker-Szene. Ausreichend Transaktionen in

Kryptowährung, um finanzkräftig zu erscheinen. Keine Verbindungen zu Strafverfolgungsbehörden.

Das Antragsformular war ausführlich. Referenzen. Technische Fähigkeiten. Bevorzugte «Unterhaltung». Die Kategorie-Beschreibungen wurden dabei bewusst vage gehalten. «Spezielle Wünsche». «Einzigartige Erlebnisse». «Live-Interaktion».

Sam wählte sorgfältig ihre Antworten. Phoenix musste interessiert, aber nicht zu eifrig erscheinen. Technisch versiert, aber nicht bedrohlich.

Eine neue Nachricht erschien: ‚Antrag wird geprüft. Erwartete Bearbeitungszeit: 24 Stunden. Bei erfolgreicher Verifizierung erfolgt Zugang zu allen Standard-Shows. Premium Live-Sessions nach zusätzlicher Freischaltung.'

Darunter ein Countdown. 23:58:45.

Ihr Handy vibrierte - eine Nachricht von Chris: ‚Bin im Berghain. Neue Infos über Leah'

Sam starrte auf den Countdown. Vierundzwanzig Stunden. Würde Leah so lange durchhalten?

Chris' Nachricht hatte sie aus der Darknet-Recherche gerissen: ‚Einer der Barkeeper erinnert sich an Leah. Und an die Frau mit der sie hier war. Komm ins Berghain. Ich hab Zugang.'

Sam übersah den geparkten Van gegenüber Michaels Wohnung. Die Fotos waren gestochen scharf. Ein Leichtes für Dr. Klein sie zu identifizieren.

Die Dämmerung legte sich über Friedrichshain wie ein blaugrauer Schleier. Der massive Betonklotz des ehemaligen Heizkraftwerks ragte in den Abendhimmel, seine Industriearchitektur eine stumme Erinnerung an die DDR-Zeit. Seit 2004 beherbergte das Gebäude den legendärsten Techno-Club der Welt: Das Berghain.

Chris lehnte an der Mauer gegenüber dem Eingang, die Hände in den Taschen seiner Lederjacke. Die Schlange der Wartenden zog sich bereits um den Block - Touristen, Club Kids, Techno-Pilger aus aller Welt. Die meisten würden an den strengen Türstehern scheitern.

«Du siehst perfekt aus», sagte er, als Sam aus dem Taxi stieg. Ihre schlichte schwarze Kleidung - ähnlich dem, was die Locals trugen - war genau richtig. Keine Marken, keine Accessoires, kein Smartphone in der Hand. Im Berghain galten eigene Gesetze.

Der Türsteher war anders als erwartet. Schmal, drahtig, mit durchdringendem Blick. Seine Haltung strahlte natürliche Autorität aus. Die Augen huschten kurz zu Chris, ein kaum merkliches Nicken.

«Sven», sagte Chris leise. «Noch von früher. Wir hatten hier mal einen Einsatz. Seitdem... na sagen wir, wir verstehen uns.»

Sie passierten die Tür ohne das übliche strenge Screening. Ein langer, dunkler Gang empfing sie, die Wände aus rohem Beton. Der Bass war bereits hier unten zu spüren, eine dumpfe Vibration durch die Wände.

«Das Gebäude wurde 1953 als Heizkraftwerk gebaut», erzählte Chris, während sie die Treppen hochstiegen. «Ostberlin brauchte Energie. Dreißig Jahre später war es verlassen. Dann kamen die Technoraver.»

Die Haupthalle öffnete sich vor ihnen - ein kathedralenartiger Raum, der sich über zwei Etagen erstreckte. Stahlträger verloren sich in der

Dunkelheit. Der Bass vibrierte durch Beton und Stahl, eine physische Kraft.

Sam ließ den Blick schweifen. Sie kannte die großen Clubs - Output in Brooklyn, Shelter in Shanghai. Aber das hier war anders. Roher. Echter.

«Beeindruckend», sagte sie. «Erinnert mich an eine verlassene U-Bahn-Station in Shanghai, die wir für Raves nutzten. Aber das hier...» Sie deutete auf die gigantischen Wände. «Das ist eine andere Liga.»

«Panorama Bar ist oben», sagte Chris. «Etwas entspannter. Die großen Fenster gehen nach Osten. Wenn morgens die Metallblenden hochgehen und die Sonne reinscheint - magisch. Lab. Oratory ist im Keller, aber da gehen wir nicht hin.» Er deutete auf die Tanzfläche, wo Hunderte sich im Rhythmus bewegten. «Die Leute tanzen hier von Samstag früh bis Montag spät. Ununterbrochen.»

Die Luft war erfüllt vom Geruch nach Schweiß, Rauch und etwas Metallischem. Aus gewaltigen Soundsystemen dröhnte minimalistischer Techno, hypnotisch und unerbittlich. Laserstrahlen durchschnitten gelegentlich den künstlichen Nebel.

«Wie gut kennst du dich hier aus?»

Ein schiefes Lächeln. «Part des Jobs. Als Security-Berater muss man die Szene kennen.» Er führte sie zu einer weniger überfüllten Ecke. «Die echten Storys passieren in den Darkrooms und privaten Bereichen. Hinten gibt es VIP-Räume, von denen die meisten Gäste nichts wissen. Manchmal verschwinden Leute dort für Tage.»

Der Vergleich zu New Yorker Clubs drängte sich Sam auf. «Output hat auch private Bereiche, aber...» Sie schüttelte den Kopf. «Das hier fühlt sich gefährlicher an. Unkontrollierter.»

«Ist es nicht.» Chris deutete auf verschiedene, kaum sichtbare Kameras. «Und nichts entgeht den Betreibern. Die Barkeeper sind ihre Augen und Ohren.»

Sam zog das Foto von Leah aus ihrer Tasche. «Dann sollten wir dort anfangen.»

Die hintere Bar lag in einer Art Alkoven, etwas abseits der Haupttanzfläche. Der Barkeeper war groß und schlank, sein kahler Kopf glänzte im gedämpften Licht. Eine komplexe Tätowierung schlängelte sich seinen Hals hinauf.

«Hey, Marco», rief Chris über den Bass hinweg.

Der Barkeeper nickte ihnen zu, mixte einen Drink fertig, schob ihn einem wartenden Gast zu. Dann kam er zu ihnen herüber.

«Chris.» Seine Stimme war überraschend sanft für seine Erscheinung. «Was führt dich unter der Woche her?»

Chris deutete auf Sam. Sie zog Leahs Foto hervor, schob es über den Tresen. Marco betrachtete es einen Moment, während er mechanisch ein Glas polierte.

«Ja», sagte er schließlich. «Sonntag. Ziemlich spät schon, vielleicht drei oder vier. Sie kam zusammen mit einer anderen Frau. Sehr attraktiv, sehr chic. Sie saßen dort drüben.» Er nickte zu einer dunklen Ecke. «Sie unterhielten sich, tanzten hin und wieder. Gegen später sah ich dann die andere Frau allein auf der Tanzfläche mit irgend nem Typen rummachen und die Frau auf dem Foto ist dann gegangen.»

«Wann war das?»

«Schwer zu sagen. Im Berghain verschwimmt die Zeit.» Er griff unter den Tresen, zog ein abgegriffenes Notizbuch hervor. «Aber ich erinnere mich, weil sie bei mir zahlte und die Kreditkarte mehrmals nicht funktionierte» Er blätterte kurz. «Ja – hier ist es. Solche Fälle notiere ich mit immer. Es war gegen 2.00 Uhr.»

«Und sie ist allein weggegangen?»

«Ja, hat für beide gezahlt und ist gegangen.»

«Wirkten sie vertraut?», fragte Sam.

«Nein. Eher angespannt. Sie haben sich sehr intensiv unterhalten. Keine Ahnung warum man sich dazu im Berghain trifft. Hier lässt man die Körper sprechen.» Marco grinste und reichte ihnen ihre Drinks.

Chris nickte, schob einen Geldschein über den Tresen. «Danke für die Info und für die Drinks.»

Sie tranken schweigend an der Bar. Während die Menge zu den Bassrhythmen wogte, kam keine Lust auf sich unter die Raver zu mischen.

Die Nachtluft war kühl nach der Hitze des Clubs. Sam und Chris traten durch die schwere Eingangstür nach draußen. Die Schlange der Wartenden hatte sich aufgelöst, nur vereinzelte Grüppchen standen noch rauchend herum.

«Die attraktive Frau war sicher das Treffen mit einem Escort-Girl», sagte Sam, während sie die Stufen hinabstiegen. «Nach ihren Notizen hat sie sich mit mehreren getroffen. Wahrscheinlich um mehr über den Escort Service zu erfahren.»

Chris' Hand berührte leicht ihren Arm. Seine Körperhaltung hatte sich verändert, militärische Wachsamkeit in jeder Bewegung. «Die Typen dort drüben. Zu aufmerksam. Zu gleichmäßig verteilt.»

Vier Männer bewegten sich auf sie zu, einer von ihnen trat in den schwachen Lichtkreis einer Straßenlaterne. Sein kantiges Gesicht war von Narben gezeichnet, der Blick kalt und professionell.

«Frau Chen-Miller», seine Stimme hatte einen schweren osteuropäischen Akzent.

«Woher kennen die meinen Namen», flüsterte Sam.

«Sie müssen uns von der Prenzlauer Allee gefolgt sein, von Leahs Wohnung», sagte Chris.

«Ja, und ein Foto genügt». Sie spürte, wie Chris sich neben ihr anspannte. «Wer sind Sie?»

«Das spielt keine Rolle.» Der Mann machte einen Schritt nach vorne. «Wir haben eine Nachricht für Sie: Halten Sie sich aus Dingen heraus, die Sie nichts angehen. Man sollte Urlauber nicht stören. Der Post auf Instagram war ein Fehler. Ein sehr großer Fehler.»

«Wo ist Leah?», Sams Stimme war hart geworden.

Ein dünnes Lächeln erschien auf dem vernarbten Gesicht. «Fräulein Pasche genießt ihren Urlaub in Prag. Die Fotos sind doch eindeutig, oder?» Das Lächeln wurde breiter. «Seien Sie klug. Fahren Sie zurück nach New York und hören sie auf in Dingen rumzuschnüffeln, die sie nichts angehen.»

«Und wenn nicht?», Chris trat einen halben Schritt vor.

«Dann wird die Geschichte sehr unangenehm.» Der Mann nickte seinen Begleitern zu. «Dies ist Ihre letzte Warnung. Die nächste wird schmerzhafter sein.»

Sam beobachtete, wie die anderen drei Männer sich in Position brachten. Keine gewöhnlichen Schläger - die Bewegungen waren zu routiniert. Zwei schwere Motorräder parkten am Straßenrand, der

Wärmedampf über den Motoren zeigte, dass sie noch nicht lange abgestellt waren.

«Sie wollen uns in die Gasse drängen», murmelte Chris.

«Letzte Chance», sagte das Narbengesicht. «Gehen Sie nach Hause. Vergessen Sie die Sache.»

Sam glitt unmerklich in ihre Wing Chun-Grundstellung. «Leah ist meine beste Freundin. Ich werde sie finden.»

«Wie Sie wollen.» Er machte eine knappe Handbewegung. «Showtime.»

Der erste Angreifer kam von links. Sams Gewicht war bereits perfekt zwischen beiden Beinen verteilt, die Arme entspannt vor dem Körper. Der Mann war schnell, aber seine Bewegungen waren vorhersehbar. Ein klassischer Boxer-Ansatz.

Er schlug einen harten Haken. Sam reagierte mit Pak Sao - eine fließende Bewegung, bei der ihr Handgelenk seinen Schlag wie Wasser zur Seite lenkte, die Kraft des Angriffs ins Leere führend. In der gleichen Bewegung glitt sie näher an ihn heran, zu nah für seine langen Boxerschläge, drehte sich und traf ihn mit dem linken Ellbogen an seinem linken Kiefergelenk. Seine Knie gaben nach und er schlug benommen mit dem Kopf auf dem Asphalt auf.

Der zweite Angreifer versuchte, sie von hinten zu fassen. Sam spürte seine Bewegung mehr, als dass sie sie sah. Jahre des Chi Sao-Trainings hatten ihre Sensibilität geschärft. Sie drehte sich in die Bewegung, ihre Arme verschränkten sich mit seinen. Für einen Moment waren sie verbunden, dann nutzte sie seinen eigenen Schwung, um ihn über ihre Hüfte zu hebeln. Er landete hart auf dem Asphalt. Sie setzte nach. Ihre Faust traf seine rechte Schläfe.

Chris kämpfte mit dem dritten Mann, während der vierte ein Messer zog.

Sam ging tiefer in ihre Stellung. Der stieß zu, eine klassische gerade Attacke. Sie antwortete mit Bong Sao - ihr gebeugter Arm lenkte das Messer nach oben ab, während ihr Körper unter seiner Reichweite durchglitt. Ihre Handkante traf einen Nervenpunkt an seinem Ellbogen. Das Messer fiel klirrend zu Boden.

Ein Schrei von Chris - er hatte einen Treffer eingesteckt, um den vierten Mann von ihr fernzuhalten.

Der Messermann war noch auf den Beinen. Sam nutzte seine Vorwärtsbewegung, ließ ihn ins Leere laufen. Ihre Faust traf mit Wucht den Solar Plexus. Als er sich krümmte, folgte ihr Ellbogen zum Kinn.

Motorengeräusche. Die zwei noch stehenden Männer halfen den beiden anderen und zogen sich zu den Motorrädern zurück.

«Eine Warnung», keuchte einer. «Nächstes Mal wird es ernst.»

Sekunden später waren sie auf den Motorrädern verschwunden.

«Chris?» Sam drehte sich um. Er hielt sich die Seite, sein Atem ging schwer.

«Geht schon. Nur geprellt.» Er versuchte zu grinsen. «Dein Kung Fu ist echt beeindruckend. War das dieser Shanghai-Stil?»

«Wir müssen hier weg.» Sie hörte bereits Sirenen in der Ferne. «Kannst du laufen?»

Im Taxi rieb Sam ihre schmerzenden Knöchel. Die Männer waren gut ausgebildet gewesen. Zu gut für einfache Schläger.

Sie waren einer großen Sache auf der Spur. Und jetzt wussten ihre Gegner es auch.

~❖~

20:45 Uhr. Die Monitore im Kontrollraum zeigten alle Kamerapositionen im Tunnel. Dr. Klein prüfte zum dritten Mal die Beleuchtungseinstellungen. Der alte U-Bahn-Schacht war perfekt - hundert Meter verlassene Gleise, Notlampen in regelmäßigen Abständen, Kabelkanäle entlang der Wände. Die Akustik war beeindruckend - jeder Schrei würde durch das Gewölbe hallen.

«Viewer-Status?», fragte Petrov, die unvermeidliche Zigarette zwischen den Fingern.

«Bereits über neuntausend eingeloggt. Die erste Session hat für Aufmerksamkeit gesorgt.» Sie scrollte durch die Daten. «Zahlungseingänge bei 97 Prozent.»

Im Tunnel positionierte Yuri die letzte Kamera. Vier fest installierte entlang der Fluchtroute, zwei mobile für die Verfolger. Alles drahtlos, alles redundant abgesichert.

«Alle Kameras justiert – ich geh jetzt zur Zelle», meldete er über Funk.

«Zeitplan?», fragte Petrov.

Kozlov professionell und voll angespannter Vorfreude. «Yuri ,vergisst' in zehn Minuten beim Essenbringen abzuschließen. Sie wird es nach etwa fünf Minuten bemerken. Die Verfolgung beginnt, wenn sie den Haupttunnel erreicht. Der Stolperdraht ist gespannt.»

20:55 Uhr. «Stream-Test positiv», meldete der Techniker. «CDN-Verteilung stabil. Audio auf allen Kanälen.»

Das virtuelle Intro lief an. Der digitale Gang, die Zellen, der noble VIP-Raum. Die samtige Computerstimme: «Willkommen zur zweiten Session. Heute erleben Sie eine besondere Produktion. Unser

Objekt wird versuchen zu fliehen. Wird sie es schaffen? Lehnen Sie sich zurück. Genießen Sie die Show.»

21:00 Uhr. «Action», sagte Kozlov.

L eah lag zusammengekrümmt auf der harten Pritsche, ihr Körper eine einzige schmerzende Masse. Das schwarze Kleid, einst für eine Clubnacht gewählt, klebte zerrissen an ihrer Haut. Der metallische Geschmack in ihrem Mund wollte nicht verschwinden, egal wie oft sie schluckte.

Früher hatte sie sich stark gefühlt. Groß, athletisch, selbstbewusst. Die brillante Entwicklerin, die sich von niemandem einschüchtern ließ. Jetzt fühlte sich ihr Körper fremd an. Beschmutzt. Zerbrochen.

Sie zitterte unkontrolliert. Nicht nur vor Kälte.

Die Bilder kamen in Wellen. Mareks Gesicht. Die Kameras. Das grelle Licht. Seine Hände... Seine...

Sie würgte trocken. Ihr Magen hatte schon vor Stunden nichts mehr zum Erbrechen gehabt.

Wie lange war es her? Die Zeit verschwamm. Nur ihre eigenen Schreie hallten noch ich in ihren Ohren. Ein Echo, reflektiert von den Betonwänden.

Ihr langes Haar - früher ihre Zierde, wild und frei wie sie selbst - hing ihr schwer und verklebt ins Gesicht. Sie hatte versucht, sich damit zu bedecken, als die Kameras...

Neue Übelkeit stieg in ihr auf.

Michael. Was würde er denken? Würde er sie suchen? Der Gedanke an ihn tat körperlich weh. Seine sanften Hände. Seine Art, sie morgens im Bett zu halten, auch wenn sie schon längst aufstehen wollte. Sie hätte ihm mehr von ihren Entdeckungen erzählen sollen und nicht alles für sich behalten. Nie... nie hätte sie gedacht...

Ein Schluchzen stieg in ihr auf. Sie unterdrückte es. Schluchzen bedeutete Geräusche. Geräusche zogen sie an.

Ihre Finger krallten sich in die dünne Matratze. Lange, elegante Finger. Programmierer-Hände. Sie hatte Spuren gefunden im Darknet. Muster. Videos. Sie hatte gedacht, sie könnte... sie hatte gedacht...

Schritte im Gang.

Ihr Körper reagierte instinktiv, rollte sich noch enger zusammen. Bitte nicht. Bitte nicht noch einmal.

«Essen.»

Das Klappern eines Tabletts.

Die Tür öffnete sich. Das Tablett wurde hereingeschoben.

Schritte... dann Stille.

Etwas war... anders.

Sie brauchte lange, um es zu registrieren. Kein Schlüsselklicken. Kein metallisches Einrasten.

Die Tür war nicht verschlossen.

Dort draußen war der Tunnel, den sie beim Transport gesehen hatte. Alt. Verlassen. Eine U-Bahn-Strecke vielleicht.

Eine winzige Flamme glomm in der Dunkelheit ihrer Verzweiflung auf.

Eine Chance.

~❖~

Auf Monitor 3 war Leah zu sehen, zusammengekauert auf ihrer Pritsche. Die Erschöpfung infolge der ersten Session war noch in jeder Bewegung sichtbar.

«Perfekte Ausgangssituation», murmelte Dr. Klein.

21:07 Uhr. «Bewegung», meldete der Techniker. «Sie hat die offene Tür bemerkt.»

Kozlov beugte sich vor. «Alle Kameras bereit. Audio auf Maximum.»

Leah schlich zur Tür. Ihre Hand zitterte, als sie sie aufzog.

«Und... sie läuft.» Kozlov grinste. «Start der Verfolgungssequenz in drei... zwei... eins...»

Die Schritte der Verfolger hallten durch den Tunnel. Das Echo multiplizierte den Effekt.

«Hervorragende Akustik», sagte Dr. Klein anerkennend.

Die Verfolgungskameras lieferten gestochen scharfe Bilder. Leah rannte den vorbestimmten Weg entlang, getrieben von Panik und falscher Hoffnung. Die Notbeleuchtung warf gespenstische Schatten.

«Boris, mehr Tempo», wies Kozlov über den Earpiece an. «Marek, schneid ihr den Weg ab bei Markierung C.»

Die Choreographie war perfekt. Bei Tunnelmeter 87 stolperte Leah, genau wie geplant. Die Verfolger erreichten sie.

«Kamera 3 auf Weitwinkel», befahl Kozlov. Er zog genüsslich an seiner Zigarette. «Erinnert mich an Monica Bellucci in Irreversible. Nur sind wir näher dran. Und es sind zwei.» Er lächelte dünn. «Marek - sie ist dein.»

Die nächsten dreißig Minuten waren eine Symphonie der Gewalt. Die Tunnel-Akustik verstärkte jeden Schrei. Die Viewer-Zahlen erreichten einen neuen Rekord.

21:47 Uhr. «Rückführung», ordnete Kozlov an.

Zwei Männer schleiften Leah zurück durch den Tunnel. Ihre Füße hinterließen Spuren auf dem staubigen Boden.

Petrovs Telefon vibrierte. Eine verschlüsselte Nachricht von seinem Team am Berghain: ‚Warnung übermittelt. Die Asiatin ist besser als erwartet. Wing Chun, professionelles Level. Sie hatte einen Begleiter dabei – Foto zur Identifizierung im Anhang. Er wurde verletzt, aber nicht schwer. Beide haben verstanden.‘

Er leitete die Nachricht an Kozlov weiter, der kurz nickte. «Interessant. Vielleicht ein zusätzliches Objekt für spätere Sessions?»

»Fade to black", sagte Dr. Klein. «Show beendet.»

Der virtuelle Rundgang startete in umgekehrter Reihenfolge. Durch die edlen Räume, die Korridore, zurück zur massiven Eingangstür.

«Hervorragende Performance-Werte», meldete der Techniker. «Über zehntausend Viewer bis zum Ende.»

Kozlov drückte seine Zigarette aus. «Clean-up Team rein. Und erhöht die Dosis ihrer Medikamente. Sie soll sich ausruhen.» Er lächelte dünn. «Die nächste Session wird intensiver.»

Dr. Klein nickte, während sie die Systeme herunterfuhr. Die KI hatte ausgezeichnete Trainingsdaten bekommen. Session 3 konnte kommen.

KAPITEL 04
DONNERSTAG, 20. NOVEMBER

Das gelbe Licht der Straßenlaternen huschte durch das Taxi wie ein stroboskopischer Herzschlag. Chris' unterdrücktes Stöhnen bei jeder Bodenwelle verriet, dass seine Rippen schlimmer zugerichtet waren als er zugab. Die Prellung schwoll bereits leicht an unter seinem zerrissenen Shirt.

Sam bestand darauf, ihn nach Hause zu begleiten. Seine Wohnung lag im vierten Stock eines Altbaus in Prenzlauer Berg - kein Aufzug, jede Stufe ein gedämpfter Schmerzlaut. Sie half ihm aus der Jacke, holte Eis aus seinem Kühlschrank, improvisierte einen Verband. Ihre Hände zitterten noch leicht vom Adrenalin des Kampfes.

«Danke», murmelte er, als sie ging. Seine Augen waren bereits halb geschlossen von den Schmerztabletten.

In Leahs Wohnung empfing sie Dunkelheit. Michael musste schon schlafen. Besser so. Sie brauchte Zeit zum Nachdenken.

Der Schlaf kam in Fragmenten, durchsetzt von Bildern des Kampfes. Das Narbengesicht. Die präzisen Bewegungen der Männer. Profis. Keine gewöhnlichen Schläger. In ihren unruhigen Träumen vermischten sich die Geschehnisse mit alten Erinnerungen aus Shanghai - das metallische Klirren von Messern auf nassen Pflastersteinen, das Echo von Schritten in dunklen Gassen.

Als der Morgen durch die Ritzen der Jalousien sickerte, saß sie bereits an Leahs Computer. Ihre Knöchel waren geschwollen, aber der Schmerz half ihr, fokussiert zu bleiben. Sie scrollte durch die Darknet-Logs der letzten Wochen, während der erste Kaffee des Tages durch ihre Adern pulsierte.

Die Warnung war deutlich gewesen: Zurück nach New York. Vergiss die Sache. Aber die Art der Männer, ihre militärische Ausstrahlung, ihre absolute Professionalität - das passte nicht zu einem simplen Menschenhändlerring. Dies war größer. Organisierter. Die Instagram-Posts waren zu perfekt, die Deep Fakes zu echt. Und dann war da noch diese mysteriöse Signatur in den Metadaten...

Warum hatte Leah nicht die Polizei eingeschaltet?

«Kaffee?» Michaels Stimme klang müde. Er stand in der Tür des Arbeitszimmers, die Siebträgermaschine zischte im Hintergrund. Sein T-Shirt war zerknittert, als hätte er darin geschlafen.

«Gerne.» Sie scrollte durch die Daten auf den beiden parallel laufenden Laptops - ihr eigener und Leahs. Die Verbindungen begannen sich abzuzeichnen. Der Escort-Service, der Schläger-Trupp, die Darknet-Plattform mit der gleichen Signatur wie die Deep Fakes.

«Weißt du, warum Leah nicht die Polizei eingeschaltet hatte?»

«Nein. Leah hat mit mir über die gesamte Sache nicht gesprochen, das macht das Ganze ja so unverständlich».

Das Klirren einer fallenden Tasse ließ sie herumfahren.

Michael stand wie erstarrt. Auf dem Bildschirm vor Sam war ein Fenster mit Programmcode geöffnet - seine Arbeit. Seine Quantenkryptographie.

«Das ist meine Verschlüsselung», flüsterte er. «Drei Jahre Entwicklung. Der erste wirklich unknackbare Code. Sie sollte Menschen schützen, absolute Sicherheit garantieren.» Seine Stimme brach. «Leah war so stolz auf mich, als der erste Durchbruch kam. Sie verstand als Einzige wirklich, was das bedeutete.»

«Sie hat deine Verschlüsselung genutzt, um tief ins Darknet einzudringen», sagte Sam leise. «Unaufspürbar. Unsichtbar.»

«Ich hab ihr alles erklärt.» Er sank in sich zusammen, rutschte an der Wand zu Boden. «Jedes Detail. Die Quantenschlüssel, die versteckten Kanäle... sie sagte, sie recherchiere über irgendeine große Story.» Ein ersticktes Schluchzen. «Sie wollte die Polizei nicht einschalten. ‚Die sind alle gekauft‘, sagte sie. ‚Die warnen sich gegenseitig. Wir brauchen handfeste Beweise.‘ Und ich... ich wollte ihr helfen. Gab ihr den sichersten Weg ins Darknet, den es je gab.»

Seine Faust schlug hart auf die Schreibtischplatte. «Sie war wie besessen von den Recherchen. Aber ich dachte... ich dachte, sie sei sicher. Meine Verschlüsselung war perfekt. Niemand konnte sie aufspüren.» Er schlug sich mit der Hand auf die Stirn. «Ich Idiot. Sie haben sie nicht im Netz gefunden. Sie haben sie in der realen Welt erwischt.»

«Du konntest es nicht wissen», sagte Sam, aber Michael schüttelte heftig den Kopf.

«Ich hätte es sehen müssen. Die Veränderung in ihr. Wie sie nachts nicht schlafen konnte. Ihre Albträume.» Seine Stimme brach erneut. «Weißt du, manchmal... manchmal wachte ich auf, und sie saß im Dunkeln am Computer. Ihre Hände zitterten. Aber sie sagte nur ‚Schlaf weiter, Liebster. Ich bin gleich fertig.‘»

Seine Finger krallten sich in die Schreibtischplatte, die Knöchel traten weiß hervor. «Sie ist das Beste, was mir je passiert ist.» Seine Stimme war kaum mehr als ein Flüstern. «Diese... diese verdammte heimliche Recherche - sie war ihre Idee, aber ich hätte... hätte sie beschützen müssen. Sie zurückhalten müssen.» Sein Blick ging ins Leere, als sähe er Leah vor sich. «Stattdessen hab ich ihr die Werkzeuge gegeben, um...» Die Worte versiegten.

Sam griff nach seiner Hand, hielt sie fest. Sie konnte ihm seine Schuldgefühle nicht nehmen. Aber sie wollte dafür sorgen, dass Leahs Entdeckungen nicht umsonst waren.

Sie wandte sich wieder den Monitoren zu. Leahs Recherchen, Michaels Quantenkryptographie, ihre eigenen Darknet-Verbindungen - zusammen würden sie diese Bastarde finden.

«Ruh dich aus», sagte sie zu Michael. «Ich brauche später dein Wissen über die Verschlüsselung. Jeder Kanal, den du eingebaut hast... wir werden sie alle nutzen.»

Er nickte schwach, wischte sich über die Augen. Das Schuldgefühl würde bleiben. Aber vielleicht konnte sie in Energie umgewandelt werden. In Rache.

~❖~

«**V**.I.P. Escort & Event Service» residierte in der obersten Etage eines modernen Bürogebäudes in Charlottenburg. Glas, Stahl und klare Linien dominierten das Corporate Design. Weber parkte seinen Mercedes in der Tiefgarage - kein Polizeiwagen, das war Teil der Abmachung.

«Hören Sie», sagte Weber leise zu Sam, während sie zum Aufzug gingen. «Ich kenne Veronique seit ihrer Anfangszeit. Als sie noch ein schmuddeliges Bordell in Wedding betrieben hat. Dieser plötzliche Aufstieg zur High-Class-Agentur - da stimmt etwas nicht. Wie bereits erwähnt laufen unsere Ermittlungen hierzu schon seit geraumer Zeit.»

Er drückte den Knopf für die oberste Etage. «Nach außen ist alles perfekt organisiert. Studentinnen, Models, Schauspielerinnen - alles absolut legal. Aber dahinter...»

Sam beobachtete sein Spiegelbild in der Aufzugwand. Seine Vertrautheit mit der Szene war verstörend.

Die Empfangszone war in hellen Grautönen gehalten. Modernste Apple-Rechner auf klaren Glasschreibtischen. An den Wänden großformatige Schwarzweiß-Fotografien - urbane Architekturaufnahmen, stilvoll und unverfänglich. Eine attraktive Assistentin in einem perfekt geschnittenen Businesskostüm erhob sich.

«Madame Veronique erwartet Sie bereits.»

Das Büro der Geschäftsführerin war ein Meisterwerk zeitgenössischen Designs. Vitra-Möbel, ein gewaltiger Schreibtisch aus satiniertem Glas, dahinter eine Fensterfront mit Blick über die Stadt. Veronique erhob sich zu ihrer Begrüßung - Anfang vierzig, französische

Eleganz in einem cremefarbenen Hosenanzug von deutlich besserer Qualität als Sams.

«Marcus, mon cher.» Ihr Lächeln war warm und professionell zugleich. «Ein unerwartetes Vergnügen.»

Sie bedeutete ihnen, auf der Designer-Couch Platz zu nehmen. Die Assistentin erschien lautlos mit Kaffee - handgefertigte Tassen, der Duft versprach höchste Qualität.

«Veronique», begann Weber auf Englisch, «würden Sie es mir nachsehen, wenn wir das Gespräch auf Englisch führen? Meine Kollegin Frau Miller von Europol spricht leider kein Deutsch.»

«Mais bien sûr, hello Miss Miller, it's a pleasure meeting you.», antwortete Veronique mit einem charmanten Lächeln und wechselte mühelos ins Englische.

«In unserem Geschäft ist Mehrsprachigkeit ohnehin unerlässlich.»

«Wie ich Marcus bereits erklärte», wandte sich Veronique an Sam, «hat sich unsere Branche grundlegend gewandelt. Wir bieten einen erstklassigen Begleitservice für höchste Ansprüche. Geschäftsessen, Kulturveranstaltungen, exklusive Events.» Sie nippte elegant an ihrem Kaffee. «Aber ich vermute, das ist nicht der Grund Ihres Besuchs.»

Weber nickte Sam zu. Sie zog das Foto von Leah hervor. «Kennen Sie diese Frau?»

Veronique betrachtete das Bild mit professionellem Interesse. «Mais oui. Die Journalistin. Ein sehr aufschlussreiches Gespräch, vor etwa zwei Wochen.»

«Können Sie uns mehr über dieses Gespräch erzählen?»

«Das Interview verlief sehr professionell», erklärte Veronique und lehnte sich in ihrem Sessel zurück. «Sie stellte fundierte Fragen über unsere Geschäftspraktiken - Buchungsprozesse, Sicherheitsmaßnahmen, Screening von Kunden. Sie interessierte sich besonders für unsere digitalen Systeme, die Zahlungsabwicklung.»

Sam bemerkte, wie Veroniques perfekt manikürte Finger leicht auf der Armlehne trommelten.

«Sie war außergewöhnlich gut vorbereitet», fuhr Veronique fort. «Kannte die relevante Gesetzgebung, die steuerlichen Aspekte. Wir sprachen über die Herausforderungen der Branche - Digitalisierung, Konkurrenz durch unseriöse Anbieter, die Bedeutung eines erstklassigen Rufs.»

«Hat sie nach speziellen Kunden gefragt?», erkundigte sich Sam betont beiläufig.

«Naturellement non.» Veronique lächelte kühl. «Diskretion ist unser höchstes Gut. Unsere Klienten - Vorstandsvorsitzende, Politiker, internationale Geschäftsleute - verlassen sich darauf.»

«Die Server Ihrer Buchungssysteme», Sam lehnte sich vor, «stehen die in Deutschland?»

Ein kaum merkliches Zucken in Veroniques Mundwinkel. «Bien sûr. Wir erfüllen höchste Sicherheitsstandards.»

«Ihre Kollegin», Veronique machte eine kunstvolle Pause, «war sehr an unseren Sicherheitsprotokollen interessiert. Sie machte sich auffallend viele Notizen zu unseren Verschlüsselungssystemen.»

Sam spürte, wie Weber neben ihr unmerklich die Position veränderte. «Sie ist nicht unsere Kollegin», warf Weber ein. «Sie ist Journalistin.»

«Ah – pardon. C'est just. Unser Sicherheitsdienst», fuhr Veronique fort, «arbeitet höchst professionell. Die Sicherheit unserer Damen steht an erster Stelle.»

«Kennen Sie einen Viktor Petrov?», fragte Sam unvermittelt.

Für einen Sekundenbruchteil erstarrte Veroniques Lächeln. «Der Name sagt mir nichts. Ist er relevant für Ihre Ermittlungen?»

Sam bemerkte, wie Veroniques Blick kurz zu einer kleinen Kamera an der Decke huschte.

«Ihre Kollegin bat auch um Gespräche mit unseren Mitarbeiterinnen und Kunden.» Veronique schüttelte bedauernd den Kopf. «Das musste ich natürlich ablehnen.»

«Wie sieht Ihre Zusammenarbeit mit der Polizei aus?», fragte Sam. «Beim Screening von Kunden oder zum Schutz Ihrer Damen?»

«Selbstverständlich kooperieren wir eng mit den Behörden», antwortete Veronique geschmeidig. «Allerdings nur im gesetzlich vorgeschriebenen Rahmen. Unsere Kunden vertrauen auf absolute Diskretion.»

«Und die Sicherheitsvorkehrungen für Ihre Damen?», hakte Sam nach.

«State of the art.» Veroniques Lächeln wurde eine Spur kühler. «Jede Dame hat einen persönlichen Fahrer, GPS-Tracking, Panic-Button. Wir überlassen nichts dem Zufall.»

«Haben Sie nach dem Interview noch einmal von der Journalistin gehört?», fragte Weber.

«Non.» Veronique schüttelte bedauernd den Kopf. «Sie wollte mir den Artikel vor der Veröffentlichung zeigen. Ich dachte schon, sie hätte das Interesse verloren.»

Veronique stellte ihre Tasse ab. «Darf ich fragen, warum Sie sich für die Journalistin interessieren? Ist ihr etwas zugestoßen?»

Sam beobachtete, wie Veroniques Finger erneut leicht auf der Armlehne trommelten. Die Frage klang besorgt, aber etwas in ihrer Haltung wirkte gespannt, lauernd.

«Reine Routine», erwiderte Weber glatt. «Wir überprüfen einige ihrer Recherchen.»

«Ah bon.» Veronique nickte langsam. «Die Branche ist gefährlich. Manchmal stellen Menschen die falschen Fragen.» Sie lächelte, aber es erreichte ihre Augen nicht. «Oder die richtigen Fragen an die falschen Leute.»

«Nun, wir wollen Ihre Zeit nicht länger in Anspruch nehmen.» Weber erhob sich.

«Sollten Ihnen noch wichtige Punkte einfallen, rufen Sie mich doch einfach unter der Nummer an». Sam kritzelte ihre Nummer auf einen Post-It Zettel. «Meine Visitenkarten sind noch im Druck».

«Danke für den Kaffee» sagte Weber.

«Jederzeit, Marcus.» Veronique begleitete sie zur Tür. «Falls mir etwas einfällt werde ich mich bei Ihnen melden,... Frau...»

«Miller» sagte Sam.

Veronique sah wie Weber seinen Mercedes aus der Tiefgarage lenkte. Als sie außer Sichtweite waren, sank sie in ihren Bürostuhl, ihre perfekt komponierte Fassade bröckelte. Mit zitternden Händen öffnete sie die unterste Schublade ihres Schreibtisches, holte ein kleines Fläschchen Cognac hervor und nahm einen tiefen Schluck.

Die Fragen der Polizistin hatten sie mehr beunruhigt, als sie zugeben wollte. Besonders die Erwähnung von Petrov. Das war kein Zufall gewesen. Sie wussten etwas.

Veronique ging zum Fenster, blickte auf die Stadt hinaus. Diese junge Journalistin – Leah – hatte zu viele Fragen gestellt. Zu präzise Fragen. Und jetzt war sie verschwunden.

Ihr Telefon vibrierte. Petrovs Nummer. Sie ließ es klingeln, brauchte noch einen Moment. Die Bilder der letzten Nacht waren wieder da. Sie hatte heimlich die Aufnahmen gesehen. Die Schreie. Die Gewalt. Das war nicht mehr der «exklusive Service», den sie einst gegründet hatte.

Als sie Petrov zurückrief, war ihre Stimme wieder professionell, aber etwas in ihr hatte begonnen zu bröckeln. Vielleicht gab es noch einen Weg heraus. Vielleicht war es noch nicht zu spät.

Zwischen Sam und Weber herrschte im Aufzug Schweigen. Erst als sie im Mercedes saßen, begann er zu sprechen.

«Ihre Reaktion bei Petrovs Namen war aufschlussreich», sagte er leise.

Weber bog in den Kurfürstendamm ein. «Wir observieren das Gebäude seit Monaten. Petrov kommt zweimal die Woche, immer nachts. Offiziell hat er nichts mit dem Escort-Business zu tun.»

«Die Kamera in ihrem Büro?»

«Wird sicher nicht von ihr kontrolliert.» Weber hielt an einer roten Ampel. «Das ganze Gebäude ist ein Hightech-Überwachungssystem. Aber die Server stehen garantiert nicht in Deutschland.»

«Sie hat gelogen, als sie meinte Leah habe keinen Kontakt zu ihren Mitarbeiterinnen gehabt», sagte Sam. «Der Barkeeper im Berghain hat sie zusammen gesehen.»

«Hmm...vielleicht hat Veronique doch ein Interview mit einer Mitarbeiterin arrangiert oder Leah hat sich selbst eine Begleiterin bestellt. Beides ist möglich.» Weber trommelte mit den Fingern aufs Lenkrad. «Die Frage ist nur: Wie viel weiß sie wirklich? Ist sie Mittäterin oder nur eine weitere Schachfigur?»

«Die Nervosität bei den technischen Fragen war echt», meinte Sam. «Als hätte sie Angst, zu viel zu verraten.»

«Oder als wüsste sie, dass jedes ihrer Worte aufgezeichnet wird.» Weber bog in eine Seitenstraße ein. «Ihre Freundin hat offenbar die richtigen Fragen gestellt. Zu richtig für ihren Geschmack.»

Sam starrte durch die Windschutzscheibe in den Berliner Nieselregen. «Glauben Sie, sie lebt noch?»

Weber schwieg lange. Der Scheibenwischer schob gleichmäßig die Regentropfen beiseite. «Die Deep Fakes aus Prag werden immer noch täglich aktualisiert», sagte er schließlich. «Vielleicht wird sie dafür noch gebraucht, vielleicht auch nicht.»

Er hielt vor Leahs Wohnung. «Seien Sie vorsichtig, Frau Chen-Miller. Dies ist größer, als wir dachten. Viel größer.»

Sam öffnete die Tür. «Sie auch, Herr Weber. Man weiß nie, wer noch mitliest... oder mithört.»

Sie sah dem Mercedes nach, bis er um die Ecke verschwunden war. In ihrer Tasche vibrierte das Handy - eine neue Nachricht von Chris.

«Die Situation entwickelt sich zu einem ernsthaften Problem», sagte Dr. Klein, während sie durch die Social Media Analysen scrollte. Der Bildschirm vor ihr zeigte eine Flut von Kommentaren unter dem viralen Instagram-Post von Leahs Partner. «Die technische Community wird misstrauisch. Die Diskussionen über Deep Fakes werden immer detaillierter.»

«Social Media ist ein Meer von Verschwörungstheorien und wer liest schon die Kommentare?», entgegnete Kozlov gleichgültig und zündete sich eine Zigarette an. Der Rauch kräuselte sich im kalten Licht der Monitore. «Die Hälfte der Welt schreit bei jedem Video ,Fake'.»

«Und die andere Hälfte glaubt alles.» Dr. Klein drehte sich zu ihm um. «Aber diesmal ist es anders. Die Analysen werden umfassender. Und diese Chen-Miller...»

Die Tür flog auf. Viktor Petrov betrat den Raum, gefolgt von zwei seiner Männer. Seine äußere Ruhe war bedrohlicher als jeder Wutausbruch.

«Zeig mir alles», sagte er.

Dr. Klein aktivierte die Wanddisplays mit einer fließenden Handbewegung. Bilder und Daten füllten die Screens.

«Ich habe die Fotos von unserem Überwachungsteam analysiert», begann sie, während ein Foto erschien. «Samantha Chen-Miller, MIT-Abschluss mit Auszeichnung. Spezialistin für Deep-Fake-Erkennung und KI-Analyse. Freiberufliche Beraterin für verschiedene

Sicherheitsbehörden. Beeindruckende Erfolgsbilanz bei der Aufdeckung von digitalen Fälschungen.» Neue Bilder erschienen. «Ihr Begleiter gestern Abend war Chris Wagner, ehemals GSG9. Heute selbstständiger Sicherheitsberater mit Kontakten zu Unternehmen, Politik. Und seine Beziehungen in die Berliner Szene sind beunruhigend weitreichend.»

«Wie verlief die Warnung im Berghain?», fragte Petrov, während er die Bilder studierte.

Kozlov blies einen Rauchring in die Luft. «Nicht wie geplant. Wir waren darauf nicht vorbereitet. Ein Ex-GSG9 Typ und dann noch die Asiatin. Sie ist kampferprobt – Kung Fu auf Meisterniveau. Zwei unserer Leute werden ein paar Tage nicht einsatzfähig sein.»

«Interessant.» Petrov nickte den Männern an der Tür zu. «Bringt sie her.»

Minuten später zerrten sie Leah in den Raum. Trotz der Erschöpfung von Episode 2 und der sichtbaren Spuren der Misshandlungen war ihr Blick noch nicht gebrochen.

«Bindet sie an den Stuhl», ordnete Petrov an. Er hielt ihr die Fotos von Sam und Chris vor das Gesicht. «Wer sind sie?»

Leah starrte auf die Bilder. Ein kaum merkliches Zucken durchlief ihr Gesicht. «Keine Ahnung.»

Die Ohrfeige kam präzise und kalkuliert. «Die Asiatin», sagte Petrov mit gefährlicher Sanftheit. «Sie scheint sehr motiviert bei ihrer Suche nach dir. Fast als wäre es persönlich.»

«Ich wiederhole: Ich kenne sie nicht.» Blut sickerte aus Leahs Mundwinkel, aber ihre Stimme blieb fest.

«Faszinierend.» Dr. Klein trat näher, ihre Augen auf die Monitore gerichtet. «Die biometrischen Daten sind eindeutig. Erhöhte Herzfrequenz, erweiterte Pupillen, minimale Muskelspannungen - die KI erkennt deutliche Anzeichen emotionaler Bindung in den Mikroexpressionen.»

«Vielleicht braucht sie eine zusätzliche Motivations-Session», schlug Kozlov vor und drückte seine Zigarette aus. «Marek und Boris warten noch.»

Leahs Gesicht wurde aschfahl, aber sie presste die Lippen zusammen. Die Spuren der letzten Episode und die frischen Verletzungen durch Petrovs Schläge zeichneten sich deutlich auf ihrer Haut ab.

Dr. Klein betrachtete Leah mit der distanzierten Haltung einer Wissenschaftlerin, die ein Laborexperiment überwacht. «Wenn wir weitere Informationen aus ihr extrahieren wollen, müssen wir strategisch vorgehen.» Sie wandte sich an Petrov. «Lass uns die nächste Session virtuell durchführen. So kannst du deine Befragungsmethoden intensivieren, ohne dass wir uns um die visuelle Präsentation sorgen müssen. Bis zur übernächsten Live-Session ist sie dann wieder in einem präsentablen Zustand.»

Sie öffnete neue Fenster auf ihren Monitoren. «Die Vorbereitungen für Episode 3 sind bereits abgeschlossen. Die Neural Engine hat ausreichend Trainingsdaten verarbeitet.»

«Du willst die nächste Session komplett virtuell produzieren?» Kozlov klang skeptisch. «Die Premium-User sind anspruchsvoll. Sie werden den Unterschied bemerken.»

«Nicht mehr.» Dr. Klein projizierte eine Reihe von Testsequenzen an die Wand. Die Qualität der KI-generierten Szenen war atemberaubend. «Die Engine ist jetzt auf einem völlig neuen Level. Authentische Emotionen, realistische Reaktionen - aber vollständig KI-gesteuert.

Wir können Szenarien erschaffen, die mit echten Darstellern gar nicht möglich wären.»

«Zeitplan?», fragte Petrov.

«Die Grundprogrammierung ist abgeschlossen, letzte Tests laufen.» Dr. Klein lächelte dünn. «Außerdem braucht unser Objekt Zeit zur Regeneration. Die späteren Episoden erfordern einen gewissen... Präsentationszustand.»

Petrov trat vor Leah. Eine weitere Ohrfeige ließ ihren Kopf zur Seite fliegen. «Letzte Möglichkeit. Erzähl uns mehr von dieser Chen-Miller und ihrem Typen.»

Leah spuckte Blut auf den Boden. Ihr Schweigen war ihre Antwort.

«Isolationszelle», befahl Petrov den Wächtern. «Völlige Dunkelheit. Kein Wasser.» Dann wandte er sich erneut Leah zu. «Wir sprechen uns später. Wie haben ja jetzt sehr viel Zeit.»

Als sie Leah hinausschleiften, wandte er sich an Dr. Klein. «Du garantierst die Qualität der virtuellen Session?»

«Die User werden begeistert sein.» Sie öffnete den Hauptserver ihrer KI. «Ausgewählten Premium-Mitglieder können wir dadurch sogar volle Kontrolle über ein individualisiertes Entscheidungsmenü geben. Sie werden glauben, die Show selbst zu dirigieren. Die Sequenzen sind von der Realität nicht zu unterscheiden.» Ein grausames Lächeln spielte um ihre Lippen. «Und danach können wir die echten Sessions noch intensiver gestalten.»

«Gut.» Petrov ging zur Tür. «Verstärkt die Überwachung von Chen-Miller und Wagner. Wenn sie uns zu nahe kommen...» Er ließ den Satz bedeutungsvoll in der Luft hängen.

Dr. Klein wandte sich wieder ihren Monitoren zu. Die Neural Engine arbeitete auf Hochtouren, erschuf neue Szenen, neue Schreie, neue Alpträume. Auf einem Nebenbildschirm war #FindLeah inzwischen der Top-Trend in Berlin.

«Lass sie suchen», murmelte sie, während ihre Finger über die Tastatur tanzten. «Bald werden wir keine echten Opfer mehr brauchen.»

~❖~

Sam starrte auf die Nachricht von Chris: «Neue Erkenntnisse diskutieren? 21 Uhr bei mir? Für Verpflegung ist gesorgt.»

Nach dem verstörenden Besuch bei Veronique brauchte sie dringend Klarheit und innere Ruhe. Und bevor sie Chris' Einladung folgte, gab es nur einen Ort, der ihr diese Klarheit verschaffen konnte.

Sam atmete tief durch, begann mit den Grundübungen des Wing Chun. Langsame, kontrollierte Bewegungen, die sie tausende Male ausgeführt hatte. Mit jedem Atemzug löste sich etwas von der Anspannung der letzten Tage.

Meister Chen beobachtete sie schweigend von der Seite, seine Präsenz kaum wahrnehmbar und doch allgegenwärtig. Erst als sie die letzte Bewegung beendete, sprach er.

«Dein Körper ist hier», sagte er auf Mandarin. «Aber dein Geist kämpft woanders.»

Sam entspannte ihre Haltung. Schweiß lief ihr über den Nacken. «Zu viele Fragen, Sifu. Zu wenig Antworten.»

«Ah.» Er deutete auf die Matte. Sam kniete sich hin, wie sie es als Kind in Shanghai gelernt hatte. Die vertraute Position half ihr, sich zu erden.

«Konfuzius sagte: ‚Der Weg ist das Ziel'», fuhr Meister Chen fort, seine Worte sorgfältig gewählt. «Aber manchmal verlieren wir den Weg, weil wir zu sehr auf das Ziel fixiert sind.»

«Mein Geist ist wie ein aufgewühlter See», gestand Sam. «Ich sehe die Oberfläche, aber nicht den Grund.»

«Deshalb bist du hier.» Ein feines Lächeln umspielte seine Lippen. «Laotse lehrte uns: ‚Stille ist die größte Offenbarung.' Siu Nim Tao lehrt uns diese Stille im Chaos. Jede Bewegung hat ihr Ziel. Wie die Teile eines Puzzles - einzeln verwirrend, zusammen ein klares Bild.»

Sam dachte an die verschiedenen Fragmente ihrer Ermittlung. Berghain. Escort Service. Darknet. Webers Rolle. Puzzle-Teile eines größeren Bildes.

«Laotse sagte auch: ‚Wer andere kennt, ist klug. Wer sich selbst kennt, ist weise.'», fuhr Meister Chen fort. «Was sagt dir dein inneres Wissen?»

«Dass ich etwas übersehe. Etwas Wichtiges.»

«Dann lass uns noch einmal beginnen», sagte Meister Chen sanft. «Diesmal langsamer. Lass jede Bewegung sprechen. Höre auf die Stille zwischen den Bewegungen.»

Eine Stunde später parkte Sam vor Chris' Apartment in Kreuzberg. Die Übungen hatten ihr geholfen, den Kopf frei zu bekommen. Neue Perspektiven warteten darauf, entdeckt zu werden.

Chris öffnete die Tür, sein Lächeln tat gut. Die Prellung von der Schlägerei zeichnete sich noch unter seinem grauen Henley-Shirt ab, aber er bewegte sich schon flüssiger. Seine Augen leuchteten auf, als er sie sah.

«Sieht schlimmer aus, als es ist», sagte er, als er ihren besorgten Blick bemerkte.

«Ich hab schon Schlimmeres gesehen», erwiderte sie, aber ihre Stimme war weicher als beabsichtigt. Etwas in seiner verletzlichen Stärke berührte sie.

Sein Apartment war minimalistisch eingerichtet. An der Wand eine taktische Einsatzkarte der GSG9, daneben Fotos seiner alten Einheit. Der Raum strahlte die gleiche ruhige Kraft aus wie sein Bewohner.

«Rotwein?», fragte er und hielt sich seine rechte Seite auf dem Weg zur offenen Küche. «Oder bleiben wir professionell bei Kaffee?»

Sam zögerte einen Moment. «Wein klingt gut. Die Professionalität hat heute schon genug gelitten.»

Er lachte leise, ein warmer, einladender Klang. «Stimmt. Nichts ist professionell an einer Prügelei vor dem Berghain.»

Eine Flasche Primitivo stand bereits geöffnet auf dem Tisch, daneben eine schlichte weiße Schachtel mit Pizza.

«Du siehst anders aus», sagte er nach einer Weile. «Entspannter. War das Training gut?»

«Meister Chen ist...» Sie suchte nach Worten. «Er sieht Dinge, die andere übersehen. Er erinnert mich daran, dass manchmal die wichtigsten Antworten in der Stille liegen.»

Chris nickte verstehend. «Bei der GSG9 hatten wir einen Ausbilder - alter Zen-Buddhist. Sagte immer: ‚Im Chaos liegt die größte Klarheit.‘ Hielt ich für Unsinn, bis ich in meiner ersten echten Krisensituation war.» Er nahm einen Schluck Wein. «In dem Moment, wo alles um dich herum explodiert, wird plötzlich alles kristallklar.»

«Wie bei Frank und Stefan?», fragte sie sanft.

Er erstarrte kurz, dann entspannte er sich wieder. «Ja. In dem Moment wusste ich mit absoluter Klarheit, dass nichts mehr sein würde wie zuvor.» Seine Hand fand ihre, warm und stark. «Manchmal braucht es diese Momente der absoluten Klarheit, um weiterzugehen.»

Sie studierten gemeinsam die Verbindungen auf ihrem Laptop. Der Besuch beim Escort-Service. Die Entdeckungen Leahs. Dateien über einzelne Mädchen. Die Import-Export Geschäfte von Petrov. Die Fragen häuften sich: Wer war die Begleiterin von Leah? Welche Rolle spielten Weber und die Polizei? Und was hatte es mit dem Darknet auf sich? Die Stunden vergingen, während sie sich über die Akten beugten, die zufälligen Berührungen ihrer Hände dabei vielleicht nicht ganz so zufällig.

«Die Zusammenhänge beginnen sich zu entwickeln», sagte Sam schließlich. «Der Escort Service ist Dreh und Angelpunkt des Ganzen. Aber was hat das mit dem Darknet zu tun? Warum wird Veronique überwacht? Wieso ist Leah verschwunden?»

Chris' Stimme wurde nachdenklich. «Manches wird klarer, aber noch vieles ist offen. Leah war Computerexpertin. Vielleicht hat sie etwas gefunden. Etwas, das diese Leute sehr nervös macht.»

«Vielleicht bekommen wir morgen mehr Antworten», sagte Chris und lehnte sich vor. «Dein Zugang zur Darknet-Plattform sollte dann freigeschaltet sein.»

Sam nickte. «Die Verifizierung läuft noch 8 Stunden. Wenn alles klappt, kann ich mich morgen einloggen.» Sie scrollte durch die verschlüsselten Chatverläufe auf ihrem Laptop. «Die Plattform scheint der Schlüssel zu sein. Leah hat immer wieder darauf Bezug genommen in ihren Notizen.»

«Und du bist sicher, dass deine Online-Identität wasserdicht ist?»

«Phoenix ist seit Jahren etabliert. Perfekte Referenzen, keine Verbindungen zu offiziellen Stellen.» Ein schmales Lächeln huschte über ihr Gesicht. «Manchmal ist es gut, ein paar Leichen im digitalen Keller zu haben.»

Die Uhr zeigte weit nach Mitternacht, als Sam aufbrach. An der Tür hielten sie einen Moment inne.

«Sei vorsichtig», sagte er leise. In seiner Stimme schwang etwas mit, das über professionelle Besorgnis hinausging.

«Du auch.» Sie zögerte kurz. «Wir sehen uns morgen?»

Ein kaum merkliches Lächeln. «Wir sehen uns morgen.»

Auf der Straße atmete Sam die kühle Nachtluft ein. Die U-Bahn würde noch fahren. Was hatte Leah wirklich gefunden? Was würde das Darknet morgen enthüllen? Und warum fiel es ihr plötzlich so schwer, sich ausschließlich darauf zu konzentrieren?

Die U-Bahn U2 war fast leer um diese Zeit. Sie nahm die angeranzten Sitze und die mit Graffiti besprühten Wände und Fenster kaum wahr. Sam dachte noch einmal den gemeinsamen Abend mit Chris. Seine warmen Augen, die zufälligen Berührungen ihrer Hände, die unausgesprochene Spannung zwischen ihnen. Eine gefährliche Ablenkung in einer Zeit, die absolute Fokussierung erforderte.

Vier weitere Fahrgäste teilten den Waggon mit ihr: eine ältere Frau mit Einkaufstüten, die gegen den Schlaf ankämpfte; ein junger Mann mit Kopfhörern, versunken in sein Smartphone; ein Pärchen, eng umschlungen auf den hinteren Sitzen, als gäbe es nur sie auf der Welt.

An der Station Rosa-Luxemburg-Platz stolperten zwei junge Männer in den Waggon, Dosenbier in der Hand, laut lachend. Sie waren Anfang zwanzig, trugen teure Streetwear und jene besondere Art von Arroganz zur Schau, die nur aus Privilegien erwächst.

Sie ließen sich direkt gegenüber von Sam fallen. Der Größere der beiden, ein bulliger Typ mit kurz rasiertem Haar und Designer-Sneakern, musterte sie mit jenem Blick, den sie nur zu gut kannte.

«Ni hao», grinste er, offensichtlich höchst zufrieden mit seiner vermeintlichen Weltgewandtheit. Sein schmächtiger Freund prustete los, als hätte er den Witz des Jahrhunderts gehört.

Sam spürte, wie sich ihre Nackenmuskulatur verspannte. Normalerweise würde sie solche Idioten einfach ignorieren. Jahre des Kung Fu hatten sie Kontrolle gelehrt. Aber die letzten Tage hatten an ihr gezehrt. Leahs Verschwinden, die verschlüsselten Spuren, die Warnung vor dem Berghain - alles brodelte zu nah unter der Oberfläche.

Sie starrte aus dem Fenster, versuchte sich auf ihr Spiegelbild zu konzentrieren, auf die vorbeihuschenden Lichter des Tunnels. Ihre Finger trommelten unruhig auf ihrer Laptoptasche.

«Hey, ich hab mit dir geredet, Süße.» Der Große beugte sich vor, sein Atem nach Bier und Überheblichkeit riechend. «Machst du hier einen auf arrogante Asiatin oder was?»

«Vielleicht versteht sie kein Deutsch», kicherte sein Kumpel und nahm einen Schluck aus seiner Dose.

Eine innere Stimme - sie klang verdächtig nach Meister Chen - mahnte zur Ruhe. ‚Die wahre Stärke liegt nicht im Kämpfen, sondern im Vermeiden des Kampfes.'

An der Haltestelle Senefelderplatz stand Sam auf, ihre Bewegungen kontrolliert und fließend. Sie ging zum anderen Ende des Waggons, spürte die Blicke der anderen Fahrgäste, die bewusst wegsahen, vermeiden wollten, Teil der Situation zu werden. Nur noch eine Station, dann würde sie ohnehin aussteigen.

Die beiden folgten ihr, schwankend und grölend. Der Geruch von Alkohol und aufgeblasenen Egos wurde stärker.

«Komm schon, wir wollen nur reden.» Der Große griff nach ihrem Arm, seine Finger gruben sich in ihren Bizeps.

Etwas in Sam riss. Die aufgestaute Frustration der letzten Tage, die Sorge um Leah, die unterschwellige Angst - alles entlud sich in einer einzelnen, explosiven Bewegung. Das Knacken seines Handgelenks, als sie es verdrehte, war erschreckend laut im nächtlichen Waggon. Noch bevor sein Schmerzensschrei verhallt war, traf ihr Ellbogen seinen Solarplexus. Er ging keuchend zu Boden, die Bierdose rollte scheppernd unter die Sitzbänke.

Sein Freund starrte einen Moment ungläubig, dann stürzte er sich mit einem wütenden Schrei auf sie. Sam trat zur Seite, ließ ihn ins Leere laufen. Ihr Knie traf seine Rippen, ihre Handkante seinen Nacken mit kalkulierter Kraft. Er sackte neben seinem Freund zusammen, beide lagen wimmernd auf dem schmutzigen Boden der U-Bahn.

Die Bremsen quietschten als die Bahn anhielt. Eberswalder Straße. Die Türen öffneten sich mit einem Zischen. Die anderen Fahrgäste starrten mit einer Mischung aus Schock und ungläubigem Staunen.

Sam trat hinaus auf den fast menschenleeren Bahnsteig, die Adrenalinwelle flaute bereits wieder ab. Das war unnötig gewesen. Unprofessionell.

KAPITEL 05
FREITAG, 21. NOVEMBER

Die Mail war während ihrer U-Bahn-Fahrt eingegangen. «Willkommen im Club S.T.Y.X.». Ihr Zugang zu den aufgezeichneten Staffeln wurde freigeschaltet. Buchen Sie jetzt ihren Zugang zur aktuellen Live-Staffel für weitere 0.01 BTC pro Staffel»

Sam saß im Dunkeln vor den Monitoren, nur das blaue Licht der Displays erhellte Leahs Arbeitszimmer. Ihre Hände zitterten so stark, dass sie den Login-Code zweimal eingeben musste. Die Seite öffnete sich - makellos programmiert, cleanes Design, intuitive Navigation. Verschlüsselte Streams. Industriestandard.

Ihr Atem stockte. Was sich auf der Hauptseite entfaltete, war ein digitales Mausoleum menschlichen Leidens. Eine Galerie des Schreckens, katalogisiert mit der kalten Präzision von Kuratoren des Grauens.

S.T.Y.X.

Das Logo pulsierte schwach im Dunkeln wie ein böses Herz. Darunter reihten sich die «Produktionen» in chronologischer Ordnung:

«Maria — Unschuldig bis zum sinnlichen Tod» – Die erste Staffel. Ein Experiment, wie Sam später erkennen würde. Die Kameraführung noch nicht perfektioniert, die Beleuchtung amateurhaft. Das Leiden jedoch bereits in HD.

«Thomas — Zerfall einer Fassade» – Der erste Mann. Ein Machtmensch, wie sein Thumbnail-Bild verriet. Der Anzug teuer, das Lächeln arrogant. Bis zum Ende der ersten Episode.

«Sophie — Die Stille nach dem Schrei» – Jugendliche Vitalität, methodisch ausgelöscht.

Sam scrollte wie in Trance durch die Liste. Jeder Titel ein euphemistisches Etikett für dokumentierte Vernichtung:

«Die Tänzerin»

«Die Diva»

«Das Model»

«Die Anwältin»

«Der Polizist»

Die Bilder der Opfer standen in perfektem Kontrast zu den klinischen Beschreibungen ihres Schicksals. Das jugendliche Aussehen einer Ballerina neben dem Versprechen ihres «letzten Tanzes». Eine selbstbewusste Ärztin, deren Expertise sich in «operative Hilflosigkeit» verwandeln würde.

Wie in einem pervertierten Streamingdienst waren die Staffeln sortiert, mit Vorschaubildern und kurzen Teaser-Texten, die Sams Magen verkrampfen ließen:

«Erleben Sie die vollständige Transformation von Widerstand zu Unterwerfung.» «Vom ersten Moment der Erkenntnis bis zum finalen Atemzug – nichts bleibt verborgen.» «Absolute Kontrolle trifft auf puren Überlebenswillen.»

Die neueren «Produktionen» zeigten eine erschreckende Evolution – nicht nur in der technischen Qualität, sondern in der durchdachten Inszenierung des Grauens. Unterschiedliche «Themen», verschiedene «Settings», perfekt auf die Hintergrundgeschichten der Opfer abgestimmt.

Und dann, am Ende der Liste, mit einem Thumbnail-Bild, das Sams Herz gefrieren ließ:

«Staffel 19: Leah — Falsche Frage, richtige Antwort»

Daneben, wie ein höhnisches Versprechen:

«Staffel 20: In Vorbereitung»

Zwanzig Staffeln. Hundert Videos. Hundert Stunden dokumentierte Grausamkeit. Sam musste ihre Finger zwingen, die Maus zu bewegen. Die Vorschaubilder zeigten Gesichter – sechzehn Frauen, drei junge Männer. Jedes Gesicht eine Geschichte von Angst und Verzweiflung. Jedes eine Person mit Träumen, Hoffnungen, Zukunftsplänen – bis S.T.Y.X. sie zu bloßen Charakteren in einem realen Horrorfilm reduziert hatte.

Die Struktur war immer gleich. Jede Staffel fünf Episoden, eine grausame Dramaturgie der Eskalation. Die ersten beiden Episoden zeigten Vergewaltigungen, systematisch, geplant. Episode drei und vier dokumentierten verschiedene Formen der Folter. Die finale Episode endete immer mit dem Tod des Opfers. Akribisch produziert, wie Staffeln einer perversen TV-Serie.

«Oh Gott, Leah», flüsterte sie. Ihre Stimme klang fremd in der Stille. «Was hast du hier entdeckt?»

Sie zwang sich zur systematischen Analyse, suchte Zuflucht in der Professionalität. Aber ihre Hände zitterten immer stärker. Die Upload-Muster deuteten auf europäische Zeitzonen. Die Server-Struktur führte nach Osteuropa. Jeder technische Hinweis war eine Hoffnung. Jedes neue Video ein Alptraum.

Die erste Übelkeit kam bei den Benutzerkommentaren. Klinische Diskussionen über Foltermethoden. Bewertungen der «Performance». Vorschläge für zukünftige «Szenen».

Sam rannte ins Bad und übergab sich – mehrmals. Auch das kalte Wasser in ihrem Gesicht half nicht. Im Spiegel sah sie ein Gespenst. Sie musste weitermachen. Für Leah und für die anderen Opfer.

Zurück am Computer zwang sie sich, die Locations zu analysieren. Das Bunker-System musste aus dem Kalten Krieg stammen. Die gewölbten Betondecken zeigten sowjetische Bauweise. In den alten Sanitärbereichen fanden sich kyrillische Beschriftungen. Metallene Treppen verbanden verschiedene Ebenen, verbunden durch endlose Tunnel mit flackernder Notbeleuchtung.

Eine Meldung erschien: «Aufgrund technischer Probleme konnte ihr Zugang zur aktuellen Live-Session noch nicht freigeschaltet werden. Wir arbeiten an einer kurzfristigen Lösung»

«Mist - Weiter». Ihre Finger tippten mechanisch Notizen. Aber ihr Verstand registrierte jedes Detail der Gewalt. Jede Träne. Jeden Schrei.

Die Außenaufnahmen boten einen Hoffnungsschimmer. Deutsche Kiefernwälder, typisch für Brandenburg. In der Ferne Zuggeräusche, gedämpfter Stadtlärm. Sam konzentrierte sich auf diese Details, klammerte sich an ihre professionelle Distanz. Aber ihre Fingernägel hatten bereits blutige Halbmonde in ihre Handflächen gegraben.

Die technische Infrastruktur war beeindruckend. Mehrfach redundante Systeme schützten die Server. Die Anonymisierung war perfekt, die Videobearbeitung professionell. Ein eigenes Content Management System verwaltete den wachsenden Katalog des Horrors und die User-Kommentare.

Neue Tränen liefen über ihr Gesicht, als sie die Evolution der Gewalt erkannte. Die späteren Staffeln zeigten raffiniertere Szenarien. Psychologische Folter. «Spiele» mit den Opfern.

Ihre brennenden Augen konnten kaum noch den Bildschirm fokussieren. Die Uhr zeigte 4:30 Uhr. Draußen zwitscherten die ersten Vögel, als würde die Welt noch normal funktionieren.

Die Fakten waren eindeutig: Dies war ein Millionen-Unternehmen. Ein Team von mindestens acht Personen produzierte professionelle Streams für eine internationale Zuschauerschaft. Der monatliche Umsatz ging in die Hunderttausende und mit steigenden Bitcoin-Kursen in die Millionen.

Sam schloss die Fenster, löschte ihre Spuren. Aber die Bilder blieben. In ihrem Kopf. Für immer.

Im Bett presste sie ihr Gesicht ins Kissen, versuchte die Schreie in ihrem Kopf zu ersticken. Leah war jetzt Teil dieser Sammlung. Staffel neunzehn von zwanzig.

Der Schlaf kam erst mit der Morgendämmerung, begleitet von Träumen voller endloser Tunnel und verzweifelter Schreie. Und dem

Wissen, dass sie gerade erst begonnen hatte, die Oberfläche dieses Abgrunds zu berühren.

Sam wartete bis acht Uhr, bevor sie Weber anrief. Die durchwachte Nacht hatte tiefe Spuren hinterlassen - ihre Hände zitterten noch immer leicht, als sie die Nummer wählte. Der gestrige Besuch bei Veronique und die heutigen Entdeckungen im Darknet hatten ein erschreckendes Bild ergeben.

«Chen-Miller?» Webers Stimme klang bereits wach. «Nach unserem gestrigen Gespräch bei Veronique dachte ich mir schon, dass Sie sich wieder melden würden.»

«Ich muss Ihnen etwas zeigen», sagte Sam und versuchte, ihre Stimme ruhig zu halten. «Es geht nicht nur um Leah und den Escort-Service. Was ich gefunden habe, ist viel größer.»

Eine lange Pause folgte. Als Weber wieder sprach, hatte seine Stimme einen vorsichtigen Unterton. «Wie viel größer?»

«Achtzehn weitere Opfer. Systematisch dokumentiert.»

Diesmal war die Stille am anderen Ende noch länger. Sam hörte, wie Weber tief durchatmete. «Kommen Sie sofort ins Präsidium. Aber Chen-Miller... seien Sie vorsichtig.»

Das Präsidium war um diese Zeit noch halb leer. Weber erwartete sie in seinem Büro, zusammen mit einer Frau und einem Mann in Zivil. Beide trugen den gleichen angespannten Gesichtsausdruck wie Weber.

«Kriminalrätin Fischer von der Mordkommission», stellte Weber vor. «Und Steinmann von der Cyber Crime Unit. Wir arbeiten seit Monaten an einer größeren Sache - Menschenhandel, Geldwäsche, die Verbindungen zu Petrovs Import-Export-Geschäften. Und unser Besuch gestern bei Veronique...» Er machte eine vage Handbewegung. «Es könnte alles zusammenhängen.»

Sam öffnete ihren Laptop. Ihre Finger verharrten einen Moment über der Tastatur. «Was Sie gleich sehen werden...» Sie holte tief Luft. «Es ist die Hölle. Und es erklärt, warum Leah verschwunden ist.»

Die ersten Bilder erschienen auf dem Bildschirm. Fischer unterdrückte einen Fluch. Steinmann wurde blass. Weber stand regungslos am Fenster, seine Kiefermuskeln arbeiteten.

«Achtzehn Staffeln», sagte Sam leise. «Jede Staffel ein Opfer. Fünf Episoden pro Person. Von Vergewaltigung bis zum Tod. Viele Staffeln spielen in Bunkern, andere in Wäldern. Leah ist Nummer neunzehn. Sie muss darauf gestoßen sein bei ihren Recherchen über den Escort-Service.»

«Wie sind Sie da rangekommen?», fragte Weber scharf. Seine Stimme klang angespannt.

«Darknet. Ein exklusiver Club namens «S.T.Y.X.». Man braucht Referenzen, Bitcoins, eine etablierte Identität.» Sam scrollte durch die Übersicht. «Die ersten Uploads waren Anfang 2023. Die Produktion wird immer professioneller.»

Fischer beugte sich vor, ihre professionelle Fassade bröckelte. «Das ist keine Einzeltäter-Serie. Das ist...»

«Industrielle Produktion», beendete Steinmann den Satz. Seine IT-Expertise ließ ihn die technischen Implikationen die Sam ihnen zeigte sofort erfassen. «Die Server-Strukturen, die Verschlüsselung, das Content Management - das ist hochprofessionell.»

Weber rieb sich die Schläfen. Sam konnte seinen inneren Konflikt förmlich spüren. «Das verkompliziert alles», sagte er schließlich. «Wir observieren Petrov und seine Handelsgesellschaft seit Monaten. Haben Hinweise auf ein größeres Netzwerk. Wenn wir jetzt wegen Leah zu schnell zuschlagen...»

«Dann gefährden wir die Großermittlung», ergänzte Fischer. «Und riskieren, dass die Haupttäter entkommen.»

«Aber Leah...» begann Sam.

«Wird Teil einer koordinierten internationalen Operation sein müssen.» Webers Stimme war jetzt wieder fest. «Das hier ist größer als eine vermisste Person. Europol muss eingeschaltet werden. Ein Spezialeinsatzkommando zusammengestellt werden. Wir können nicht einfach in einen Bunker stürmen, ohne das größere Netzwerk zu kennen.»

Fischer nickte. «Wir brauchen mindestens 24 Stunden, um alles aufzusetzen. Zugänge, Teams, Koordination mit den anderen Dienststellen...»

«Und in dieser Zeit...» Sam ließ den Satz unvollendet in der Luft hängen.

Weber trat zu ihr, seine Stimme wurde eindringlich. «Hören Sie, ich verstehe Ihre Sorge um Ihre Freundin. Aber wir haben es hier mit einem international operierenden Verbrecherring zu tun. Wenn wir einen Fehler machen, verschwinden die Haupttäter - und mit ihnen alle Beweise. Dann war alles umsonst.»

Er hielt kurz inne. «Ich verspreche Ihnen, wir setzen alle Hebel in Bewegung. Aber wir müssen koordiniert vorgehen. Systematisch. Sie haben hervorragende Arbeit geleistet - jetzt lassen Sie uns unsere Arbeit machen.»

Sam packte langsam ihren Laptop ein. Sie hatte absichtlich nicht alles gezeigt. Nicht ihre eigenen Analysen der Bunkeranlage. Nicht die geografischen Hinweise, die sie in den Videos gefunden hatte.

Weber war kein korrupter Cop, das spürte sie. Er war ein gewissenhafter Ermittler, der ein größeres Netz auslegte. Aber seine Vorsicht könnte Leah das Leben kosten.

Auf dem Weg nach draußen sah sie, wie er telefonierte, sich Notizen machte, sein Team aktivierte. Ein Mann, der versuchte, das Richtige zu tun - aber vielleicht nicht schnell genug.

Manchmal musste man einen anderen Weg finden als den offiziellen.

Nach dem Treffen im Präsidium fuhr Sam direkt ins Kung-Fu Studio. Sam begann mit der vertrauten «kleinen Idee - Siu Nim Tao» und arbeitete danach zwei Stunden lang am Holzpuppen, bis ihre Knöchel brannten. Meister Chen sagte nichts, beobachtete nur.

Danach die Fahrt zu Michaels Wohnung gab ihr Zeit, ihre Gedanken zu ordnen. Die Wohnung war noch leer als sie ankam. Er war noch nicht von der Arbeit zurück.

Sam nutzte die Zeit bis zu seiner Rückkehr systematisch. Frame für Frame analysierte sie die Außenaufnahmen aus den Videos. Die Vegetation war eindeutig: Märkischer Kiefernwald, typische Bodenbeschaffenheit. In einigen Sequenzen waren Zuggeräusche zu hören - der charakteristische Sound der Berliner S-Bahn. Einmal sogar ein

Flugzeug im Landeanflug, was auf die südlichen oder östlichen Bereiche des Berliner Umlands hindeutete.

Die Abendsonne warf lange Schatten durch die Fenster von Michaels Wohnung. Sam saß ihm gegenüber am Küchentisch, ihre Hände um eine längst kalt gewordene Kaffeetasse geklammert. Sie hatte die letzten dreißig Minuten damit verbracht, ihm alles zu erzählen - die Darknet-Plattform, die Videos, die systematische Gewalt.

«Achtzehn Staffeln», wiederholte sie leise. «Jede mit fünf Episoden. Jede Episode eine neue Stufe des Horrors. Und Leah...» Ihre Stimme brach. «Leah ist Staffel neunzehn.»

Michael war kreidebleich geworden. Seine Finger zitterten so stark, dass er seine Tasse abstellen musste. «Du meinst, sie... sie machen gerade...»

Sam nickte stumm. Die professionelle Fassade, die sie in der Nacht aufrechterhalten hatte, bröckelte. «Die Produktionsqualität ist erschreckend gut. Mehrere Kameras. Perfekte Beleuchtung. Professionelle Nachbearbeitung.» Sie holte tief Luft. «Aber das Wichtigste: Die Videos zeigen eindeutig Bunkeranlagen im Berliner Umland. Wir müssen sie finden.»

Michael sprang auf, sein Stuhl krachte zu Boden. «Diese Bastarde!» Seine Faust traf die Wand, einmal, zweimal, immer wieder. Der dumpfe Aufprall hallte durch den Raum. «Sie filmen es auch noch... sie machen eine verdammte Show daraus!» Seine Stimme überschlug sich. Blut tropfte von seinen aufgeschlagenen Knöcheln, aber er schien den Schmerz nicht zu spüren. Sam wollte ihn aufhalten, aber er stieß sie weg, taumelte zur Fenster.

«Ich hätte es merken müssen», sagte er schließlich, seine Stimme rau. Er starrte minutenlang hinaus auf die Straße, wo das normale

Leben weiterging. Menschen eilten von der Arbeit nach Hause. Ein Paketbote lieferte Pakete aus. Kinder spielten auf der Straße.

«Die Veränderungen in ihr. Die Albträume. Wie sie nachts am Computer saß...» Er schlug mit der Faust gegen den Fensterrahmen. «Verdammt, ich hätte es merken müssen!»

«Michael...» Sam stand auf, wollte zu ihm gehen, aber er hob abwehrend die Hand.

«Nein. Nein, lass mich...» Er atmete schwer. «All die anderen. Achtzehn andere Frauen. Während wir hier... während wir unser normales Leben...» Seine Stimme brach. Tränen liefen über sein Gesicht. «Sie hat es herausgefunden. Sie wollte sie retten. Und jetzt... jetzt ist sie...»

Er konnte nicht weitersprechen. Sam wartete. Ließ ihm Zeit. Draußen war es inzwischen dunkel geworden. Die Straßenlaternen warfen Schatten an die Zimmerdecke.

Minuten vergingen. Dann drehte er sich um. In seinen Augen stand etwas Neues. Etwas Hartes.

«Es gibt nur eine Möglichkeit», sagte er. Seine Stimme war jetzt gefasst, hart. «Wir werden diese Bastarde finden. Wir finden Leah.»

Er stürzte in sein Arbeitszimmer, kam mit seinem Laptop zurück. «Als Tech-Startup mussten wir uns mit Serverstandorten beschäftigen. Sichere Locations, redundante Stromversorgung...» Er öffnete den Laptop und loggte sich ein. «Ich hab damals eine Datenbank aller potenziellen Standorte angelegt. Da waren auch einige der Bunkeranlagen im Umland von Berlin mit dabei.»

Die nächsten Stunden verschwammen in einem Nebel aus Daten und Verzweiflung. Das bestellte Essen wurde kalt, aber der Kaffee floss in Strömen – eine bittere Energiequelle, die ihre Suche antrieb.

«Was genau suchen wir?», fragte Michael, während er eine weitere Karte entfaltete.

Sam stützte sich auf den Tisch, ihre Knöchel weiß vor Anspannung. «Muster. Anomalien. Alles, was nicht ins normale Bild passt.» Sie begann, ihre Kriterien aufzuzählen: «Ungewöhnliche Strombezugsmuster bei lokalen Versorgern. Auffällige Satellitenbilder – besonders nachts.»

«Einsame Lage, aber trotzdem gut erreichbar», ergänzte Michael, seine Finger trommelten nervös auf den Tisch. «Wenn die Leute mit schwerem Equipment anrücken müssen...»

«Genau. Und die Umgebung muss mit dem übereinstimmen, was wir in den Videos gesehen haben – die Vegetation, die Geräuschkulisse.» Sam öffnete einen neuen Ordner auf ihrem Laptop. «Die Baugeschichte ist entscheidend. Wir brauchen etwas mit dicken Wänden, vorzugsweise unterirdisch.»

Michael nickte. «Eigentumsverhältnisse. Wer besitzt diese Bunker jetzt? Irgendwelche mysteriösen Eigentümerwechsel in letzter Zeit?»

«Und Renovierungsarbeiten», sagte Sam. «Diese Bastarde brauchen Strom, Wasseranschlüsse, moderne Kommunikationswege.»

Stunde um Stunde gruben sie sich durch digitale Archive: historische Bauakten, Satellitenbilder, Stromverbrauchsdaten der letzten Monate. Michael hackte sich in Behördendatenbanken, während Sam die Tonspur der Videos auf Umgebungsgeräusche analysierte.

Gegen Mitternacht stieß Michael auf etwas. «Der NVA-Bunker in Kunersdorf», sagte er, seine Stimme plötzlich angespannt. «Leah und ich waren dort in der Nähe, letzten Herbst. Sie wollte unbedingt diese alten Militäranlagen fotografieren – ein Projekt über den Kalten

Krieg.» Seine Stimme brach. «Sie war so begeistert von der Geschichte dieser Orte. Die Ironie ist... grausam.»

Sam legte eine Hand auf seine Schulter. «Lass dich davon nicht ablenken. Wir brauchen Fakten.»

Drei weitere Stunden vergingen. Die leeren Kaffeetassen türmten sich, Michael's Augen wurden zunehmend rot. Die Erschöpfung nagte an ihnen, aber die Angst um Leah hielt sie wach.

«Das alte Bahnbetriebswerk Schöneweide», sagte Sam und markierte einen Punkt auf ihrer digitalen Karte. «Drei unterirdische Ebenen, verlassen seit 2010. Die alte S-Bahn-Anbindung passt zu den Zuggeräuschen aus den Videos.»

Michael nickte, tippe weitere Notizen ein. «Perfekte Tarnung für hohen Stromverbrauch durch die umliegenden Industriebetriebe.»

«Der U-Bahntunnel am Innsbrucker Platz», fuhr Sam fort. «Fast ein Kilometer ungenutzte Röhren. Die Schallisolierung durch dreißig Meter Erdreich würde erklären, warum keine Außengeräusche zu hören sind.»

«Die BVG macht dort regelmäßig Inspektionen», wandte Michael ein.

«Ja, aber in der Hauptröhre. Die Nebentunnel sind seit Jahrzehnten unberührt.»

Gegen zwei Uhr morgens stieß Michael plötzlich seinen Stuhl zurück, seine Geduld am Ende. «Das reicht. Wir haben genug Informationen.» Er griff nach seiner Jacke. «Ich fahre jetzt los. Jede Minute könnte entscheidend sein.»

«Michael, es ist mitten in der Nacht», sagte Sam ruhig. «Wenn wir jetzt kopflos losstürmen, gefährden wir alles.»

«Kopflos?» Seine Stimme überschlug sich fast. «Während wir hier sitzen und Daten analysieren, ist Leah in den Händen dieser Psychopathen! Fünf Tage schon!»

Sam stand auf, ihre Stimme leise, aber bestimmt. «Glaubst du, ich weiß das nicht? Aber diese Leute sind Profis. Sie haben alles durchdacht. Wenn wir an der falschen Stelle auftauchen oder sie warnen, ist Leah tot.» Sie hielt seinen Blick fest. «Wir haben eine Chance. Eine. Und die verspielen wir nicht durch Ungeduld.»

Michael starrte sie an, sein Atem ging schwer. Dann sank er langsam zurück auf seinen Stuhl. «Du hast recht. Natürlich hast du recht.» Er fuhr sich mit zitternden Händen durchs Haar. «Es ist nur... ich sehe sie ständig vor mir. Was sie gerade durchmachen muss...»

«Ich weiß.» Sam drückte kurz seine Schulter. «Aber genau deshalb müssen wir methodisch vorgehen. Für Leah.»

Sie arbeiteten weiter. Der Bunker Freudenberg kam auf ihre Liste – ein ehemaliges Munitionsdepot mit fünf unterirdischen Hallen, weitläufigen Tunnelsystemen und kürzlich durchgeführten, mysteriösen «Stromarbeiten».

Der Wollenberg-Bunker folgte – offiziell versiegelt, aber die Satellitenbilder zeigten regelmäßige Aktivitäten. Ein Kalter-Krieg-Relikt mit eigenem Kraftwerk und fünf separaten Ebenen. Die Betonbauweise passte zu den Wänden, die in den Videos zu sehen waren.

Zuletzt der «Russenbunker» – nicht einmal offiziell kartiert. Sam stieß in einem Forum für urbane Erkundungen auf vage Hinweise zu einem verlassenen sowjetischen Verhörkomplex. Drei Hauptebenen plus zwei «spezielle» Untergeschosse, perfekte Isolation, keine Mobilfunkverbindung.

Als die Morgendämmerung die ersten grauen Schatten ins Zimmer warf, hatten sie sechs potenzielle Standorte identifiziert. Sechs mögliche Höllen, in deren einer Leah gefangen sein könnte.

Michael starrte auf die Karte, seine Augen leer vor Erschöpfung und Angst. «Sie ist da drin», flüsterte er. «In diesem Moment. In einem dieser Orte.» Seine Stimme war kaum mehr als ein Hauch.

Sam griff nach seiner Hand. Sie war kalt wie Eis, die Finger leblos. «Wir finden sie», sagte sie mit einer Überzeugung, die sie nicht ganz fühlte. «Wir finden sie.»

«**R**endering der finalen Umgebung», meldete Dr. Klein. Auf den hochauflösenden Monitoren materialisierte sich eine perfekt simulierte Dungeon-Szenerie. Die hochauflösenden Displays zeigten eine perfekt simulierte mittelalterliche Szenerie - gewölbte Steindecken, massive Holzbalken, flackerndes Kerzenlicht, das warme Schatten auf die kunstvoll drapierten roten Samtvorhänge warf. Ihre KI hatte aus tausenden Referenzbildern gelernt, jedes Detail zu perfektionieren.

«Die Materialphysik ist beeindruckend», murmelte sie, während sie durch verschiedene Kameraperspektiven scrollte. Das simulierte Leder der antiken Möbel zeigte genau die richtige Patina, die schmiedeeisernen Beschläge warfen physikalisch korrekte Schatten. In verschiedenen Nischen waren unterschiedliche Szenarien vorbereitet. Klassische Positionen. Fesselungsvarianten. Käfige in verschiedenen Ausführungen. Vom klassischen Kerker bis zum Burgverlies mit Aussicht.

«Avatar-Rendering abgeschlossen», meldete der Techniker. Auf dem Hauptmonitor materialisierte sich das virtuelle Modell von Leah, basierend auf hochauflösenden Bodyscans. Die KI hatte während der vergangenen Episoden ihre Bewegungsmuster analysiert, konnte jede Mikrogeste, jede Gefühlsregung genau nachbilden. Angst. Unterwerfung. Widerstand.

«Die Neural Engine verarbeitet die User-Eingaben in Echtzeit», erklärte Dr. Klein und öffnete das Optionsmenü. «Sie können zwischen verschiedenen Szenarien wählen - die KI kombiniert dann die vorbereiteten Sequenzen zu einer flüssigen Simulation. Nicht wie in den gängigen Videospielen. Echt. Der User erkennt keinen Unterschied.»

Kozlov beugte sich interessiert vor. Die Detailtiefe war tatsächlich erstaunlich. Selbst die Materialphysik passte - das Spiel von Licht auf Leder, die Spannung von Seilen, die Bewegung von Ketten – es stimmte jeder Aspekt.

«Show startet in zwei Minuten», verkündete Dr. Klein. «Viewer-Count bei über elftausend.»

Die samtige Computerstimme des Systems aktivierte sich: «Willkommen zu einer besonderen Präsentation. Heute erleben Sie absolute Kontrolle. Ihre Entscheidungen bestimmen den Verlauf der Show. Keine Grenzen. Keine Limits.»

Kozlov beobachtete die ersten User-Entscheidungen. Die Neural Engine verarbeitete die Eingaben nahtlos, passte die Simulation in Echtzeit an. «Erstaunlich», murmelte er. «Die Immersion ist perfekt. Man vergisst fast, dass es nur eine Simulation ist.»

«Männer», murmelte Kozlov, während er die Benutzerkommentare las. «Zahlen ein Vermögen für digitale Fantasien und merken nicht, dass es nur Nullen und Einsen sind.»

«Die geilsten Typen sind die besten Kunden». Petrov betrachtete die Monitore mit der kühlen Effizienz eines Mannes, der Gewalt als Währung verstand. Er wusste, dass alles einen Preis hatte - Loyalität, Moral, Leben. Seine Finger strichen über den teuren maßgefertigten Anzug. Ein weiter Weg von den grauen Uniformen des russischen Geheimdienstes. «Die Premium-User zahlen inzwischen das Dreifache», sagte er zu Dr. Klein, während er seine Rolex checkte. Die Uhr war ein Geschenk von einem oligarchischen «Freund», dessen kompromittierende Daten sicher in einem seiner vielen digitalen Tresore lagen. «Der Markt verlangt nach Authentizität. Echtes Leid, echte Angst - unbezahlbar in einer Welt voller Fälschungen.» Er zündete sich eine seiner teuren kubanischen Zigaretten an. In St. Petersburg hatte er gelernt, dass wahre Macht nicht aus Gewehrmündungen kam, sondern aus der perfekten Mischung von Erpressung, Korruption und Profitstreben. Seine Kontakte reichten bis in die höchsten Kreise - Politiker, die ihre dunklen Gelüste auslebten, Geschäftsleute, die ihre Konkurrenz verschwinden ließen, Beamte, die für das richtige Schweigegeld beide Augen zudrückten. «Wir verkaufen nicht einfach nur Shows», Petrov lachte leise. «Hauptsache, die Krypto-Überweisungen stimmen.»

Dr. Klein scrollte auf ihrem Monitor durch die Zahlungseingänge. «Diese neue Simulation wird uns zukünftig mehr einbringen als alle echten Sessions zusammen.»

«Und viel weniger riskant», ergänzte Kozlov. «Keine Logistik. Keine Entsorgungsprobleme.»

Die Neural Engine lernte mit jeder Interaktion, verfeinerte ihre Algorithmen. «Phase 2 kann beginnen», sagte Dr. Klein leise. «Die perfekte Synthese aus Realität und Fantasie.»

Tief unten in ihrer Zelle lag Leah zusammengerollt auf der schmalen Pritsche. Ihr ganzer Körper schmerzte noch von Petrovs «Befragung».

Seine Schläge, seine Fragen nach Sam, ihre verzweifelten Versuche zu schweigen - bis sie schließlich alles gestanden hatte. Ihre Freundschaft. Ihre gemeinsame Geschichte. Ihre Verbindung.

Die dumpfen Echos ihrer eigenen, digitalisierten Schreie drangen durch die Wände. Die KI hatte zu gut von ihr gelernt. Zu identisch ihre Angst kopiert. Eine Träne lief über ihr geschwollenes Gesicht.

Die gedämpften Geräusche der Lüftungsanlage vermischten sich mit dem synthetischen Horror ihrer digitalen Kopie. Ein neues Kapitel des Grauens hatte begonnen.

KAPITEL 06
SAMSTAG, 22. NOVEMBER

Die Nacht vor ihrer Erkundungstour verbrachten sie in Michaels Arbeitszimmer. Alte Militärkarten aus DDR-Zeiten bedeckten den Boden, daneben aktuelle Satellitenaufnahmen und ausgedruckte Grundrisse. Der fünfte Espresso schmeckte wie Säure.

«Der U-Bahn-Tunnel am Innsbrucker Platz scheidet aus», sagte Michael und strich die Location von ihrer Liste. «Die BVG macht dort zweimal täglich Kontrollgänge und außerdem finden regelmäßige Besichtigungstouren statt. Zu riskant für die Täter.»

Das alte Bahnbetriebswerk Schöneweide war ihre erste Station. Im kalten Morgenlicht ragten die verlassenen Wartungshallen wie ein rostiges Mahnmal industriellen Verfalls in den grauen Himmel. Zerbrochene Fensterscheiben starrten wie blinde Augen auf den überwucherten Vorplatz.

Der Abstieg durch einen halb eingestürzten Lüftungsschacht brachte sie in die unterirdischen Ebenen. Ihre Taschenlampen enthüllten ein Bild der Verwahrlosung - Graffiti bedeckte die feuchten Wände, zwischen verrotteten Matratzen lag Spritzbesteck, leere Flaschen und Müll übersäten den Boden. Der beißende Geruch von Urin und Verwesung ließ sie würgen.

«Vorsicht», flüsterte Sam und deutete auf eine dunkle Ecke. Ein Mann in zerlumpter Kleidung kauerte dort, die glasigen Augen auf sie gerichtet. Seine verdreckten Hände umklammerten eine Bierflasche wie einen Schatz.

«Hier wohnen nur noch Junkies», murmelte Michael. Seine Stimme hallte von den Betonwänden wider. Ein verschreckter Obdachloser huschte wie ein Schatten durch einen Seitengang, verschwand in der Dunkelheit.

Die nächste Station war der Bunker Freudenberg, 42 Minuten nordöstlich. Die Fahrt durch den märkischen Kiefernwald verlief schweigend. Das ehemalige NVA-Munitionsdepot lag versteckt hinter dichten Brombeerbüschen. Ein verrostetes «Betreten verboten»-Schild hing schief am durchtrennten Maschendrahtzaun.

Die erste Halle war ein Friedhof sowjetischer Militärtechnik - verrottende Aggregate, aufgebrochene Schaltschränke, Kabelstränge hingen wie tote Schlangen von der Decke. In der zweiten Ebene fanden sie Spuren von Paintball-Spielern - bunte Farbspritzer an den Wänden, leere Gaspatronen.

Der Wollenberg-Bunker lag weitere zwanzig Minuten nordöstlich. Auf dem Weg dorthin bemerkten sie zum ersten Mal den schwarzen Mercedes mit den getönten Scheiben, der ihnen in konstantem Abstand folgte.

Die Anlage selbst war ein riesiger Betonklotz, halb im Hang verborgen. Der Haupteingang war professionell versiegelt - neue Stahlplatten, massive Schweißnähte.

«Zu offensichtlich», sagte Sam. «Zu viele Spuren von Besuchern.»

Fünfzehn Minuten weiter wartete der NVA-Bunker Kunersdorf. Drei Stunden Vorbereitung für nichts. Die Gänge waren leer, die Türen verrostet. In der ehemaligen Kommandozentrale lag eine tote Ratte zwischen vergilbten russischen Zeitungen.

Das erste Fahrzeug war wohl abgelöst worden. Es war durch einen dunklen Van mit Berliner Kennzeichen ersetzt. Immer in gewissem Abstand, aber ihre Präsenz war eine stumme Warnung.

Der «Russenbunker» war ihre letzte Hoffnung. Die Anlage existierte auf keiner offiziellen Karte, nur Gerüchte und urbane Legenden rankten sich um den Ort. Der Zugang lag versteckt unter einer verfallenen Lagerhalle am Stadtrand.

Der modrige Geruch schlug ihnen entgegen, als sie die schwere Eisentür aufbrachen. Ihre Schritte hallten durch endlose Gänge. Leere Verhörräume reihten sich aneinander, an den Wänden kyrillische Beschriftungen. In einem Raum fanden sie einen umgestürzten Stuhl, daneben verblichene Fotos aus den Fünfzigern.

Die tiefste Ebene war ein Labyrinth aus Zellen. Kalte Wassertropfen fielen von der Decke. Eine Fledermaus flatterte aufgeschreckt davon. Aber keine Spur von aktueller Nutzung.

Die Sonne stand bereits tief, als sie zurück nach Berlin fuhren. Fünf Bunker. Null Ergebnisse. Der schwarze Van folgte ihnen in sicherem Abstand.

In Michaels Wohnung brach die Anspannung aus ihm heraus. «Das war's?» Er sank in seinen Sessel, die nutzlosen Karten vor ihm ausgebreitet. «Alle Recherchen, alle Hinweise, alles umsonst?»

Sam stand am Fenster und beobachtete den schwarzen Van als er wegfuhr. Der Fahrer telefonierte.

«Sie wollten, dass wir diese Orte finden», sagte sie leise. «Die offensichtlichen Verstecke. Die verlassenen Bunker.» Sie drehte sich zu Michael um. «Was bedeutet...»

«...dass Leah woanders ist», beendete er den Satz. Seine Stimme klang hohl. «In irgendeinem Bunker, den wir übersehen haben.»

Die Nacht senkte sich über Berlin. Irgendwo da draußen war Leah. Und ihre Entführer wussten jetzt, dass Sam und Michael suchten. Das Katz-und-Maus-Spiel hatte begonnen.

Der kleine Döner-Imbiss an der Ecke war einer der wenigen Orte, die um diese Zeit noch geöffnet hatten. Die Neonröhren warfen hartes Licht auf die abgenutzten Plastiktische. Der Dönermeister bewegte sich routiniert hinter seinem Grill, während türkische Pop-Musik leise aus einem alten Radio drang.

«Zwei mit alles», bestellte Michael mechanisch. Sie setzten sich in die hinterste Ecke, wo der Geruch nach gebratenem Fleisch und der Lärm der Straße gedämpft waren.

«Die haben uns überwacht», sagte Sam und wickelte ihren Döner aus. Der erste Bissen erinnerte sie daran, dass sie seit dem Morgen nichts gegessen hatten. «Die beiden Fahrzeuge - das war eine Botschaft. Sie wissen, dass wir suchen.»

Michael starrte auf sein unberührtes Essen. «Wir haben alle offiziellen Bunker gecheckt. Jede dokumentierte Anlage. Was haben wir übersehen?»

«Vielleicht müssen wir anders denken.» Sam wischte sich Soße vom Kinn. «Diese Leute sind professionell. Sie würden keine markierte Location nutzen.» Sie zögerte. «Ich erwarte heute Nacht die Freischaltung für den Elite-Zugang auf der Plattform.»

Michael erstarrte mitten in der Bewegung. «Du meinst... die aktuellen Streams? Mit Leah?»

Sam nickte langsam. «Premium-User bekommen Zugang zu den laufenden Produktionen. Vielleicht sehen wir Details, die uns weiterbringen. Lichteinfall, Geräusche, architektonische Besonderheiten...»

«Ich weiß nicht, ob ich das...» Michael schluckte schwer. «...ob ich das sehen kann. Sie so zu sehen.»

«Du musst nicht.» Sam griff über den Tisch, drückte kurz seine Hand. «Ich mache das. Aber ich brauche deine technische Expertise. Dein Wissen über die Berliner Infrastruktur.»

Er nickte schwach. «Die Stromversorgung. Die alten Tunnel. Es muss etwas geben, das wir übersehen haben.» Er holte tief Luft. «Okay. Während du die Streams analysierst, gehe ich nochmal alle Infrastrukturkarten durch. Strom, Wasser, Gas. Alles was uns irgendeinen Hinweis geben könnte.»

«Gut.» Sam wickelte den Rest ihres Döners ein. Ihr Appetit war vergangen. «Lass uns gehen. Die Freischaltung könnte jede Minute kommen.»

Draußen war es dunkel geworden. Der schwarze Van war längst verschwunden, aber Sam spürte immer noch Augen auf sich. Irgendwo in der Stadt wartete ein verborgener Bunker. Und heute Nacht würde sie gezwungen sein, Leahs Hölle mit anzusehen, in der Hoffnung, einen Hinweis zu finden.

Der Dönermeister wischte träge seine Theke, während türkische Liebeslieder durch die Nacht klangen. Das normale Leben ging weiter, während sich irgendwo unter der Stadt Abgründe auftaten.

Als sie kurz vor 23 Uhr zur Wohnung kamen, hörten sie die Geräusche bereits auf der Treppe - dumpfes Poltern, das scharfe Klirren zerbrechenden Glases, gedämpfte Stimmen. Sam und Michael tauschten einen schnellen Blick. Ihre Schritte wurden automatisch lautlos.

Die Wohnungstür stand einen Spalt offen, ein schmaler Lichtstreifen fiel auf den abgenutzten Linoleumboden des Flurs. Der vertraute Geruch von Leahs Wohnung - eine Mischung aus Kaffee, altem Holz und ihrem Jasmin-Duschgel - wurde überlagert von etwas Fremdem. Schweiß. Leder. Gefahr.

Zwei Männer im Arbeitszimmer. Osteuropäischer Typ, breite Schultern unter schwarzen Lederjacken. Ihre Bewegungen waren ruhig, professionell - keine gewöhnlichen Einbrecher. Der erste durchwühlte systematisch Leahs Schreibtisch, während der zweite vor ihrem Computer kniete.

«Der verdammte Laptop ist verschlüsselt», fluchte er leise auf Russisch, seine Stimme rau vor Frustration. «Dreifache Verschlüsselung mindestens.»

«Lass den Scheiß», sagte der Erste, während er eine Schublade durchsuchte. «Nimm die ganze Hardware mit. Festplatten, USB-Sticks, alles was nach Daten aussieht. Der Boss wird's knacken.»

Sam trat lautlos ins Zimmer, Michael dicht hinter ihr. Das fahle Mondlicht fiel durch die hohen Fenster. »Are you looking for something specific?"

Die Männer fuhren herum. Ihre Blicke musterten erst Sam - eine zierliche Asiatin, kaum 1,70 groß - dann Michael. Ihre Augen verengten sich abschätzend.

Der erste grinste breit, zog ein Klappmesser. Die Klinge blitzte im Mondlicht. «Verschwindet», sagte er auf Deutsch mit starkem russischem Akzent. «Das hier geht euch nichts an.»

«Oder bleibt», der zweite leckte sich die Lippen. «Wir haben noch Zeit für etwas Unterhaltung.»

Sam verstand nicht, was er gesagt hatte. Aber das war auch nicht notwendig. Es geschah alles sehr schnell. Der Mann mit dem Messer griff an - eine professionelle Bewegung. Sam glitt zur Seite, das Messer stieß ins Leere. Aber der zweite Mann hatte sich bereits auf Michael gestürzt.

Das dumpfe Geräusch von Schlägen erfüllte den Raum. Michael ging zu Boden, Blut strömte aus seiner Nase. Der Angreifer trat brutal zu, wieder und wieder.

Sam reagierte instinktiv. Ihre Handkante traf den Ellbogen des ersten Mannes, das Messer fiel klirrend zu Boden. Ihr Ellbogen folgte zum Solarplexus, treffsicher und erbarmungslos. Ihm sackten die Beine weg und er legte sich neben sein Messer.

Der zweite Mann ließ von Michael ab, zog einen Schlagring. Er war größer, schwerer, kampferprobt. Sam ließ seinen wuchtigen Schlag an ihrer Schulter abgleiten, nutzte seinen eigenen Schwung. Ein gezielter Tritt gegen sein Knie, eine Handkante zum Hals.

«Verdammte Schlampe!» Der erste Mann war wieder auf den Beinen. Seine Technik wurde schlampig, wütend. Sam konterte mechanisch - Handkante, Ellbogen, Knie. Er taumelte zurück.

Die beiden Männer zogen sich zur Tür zurück. Jegliche Arroganz war verschwunden. «Das war ein Fehler», keuchte einer. «Ein verdammt großer Fehler. Wir kommen wieder.»

«You're leaving «, sagte Sam kalt. »Next time, bring more men!"

Sie verschwanden, hastige Schritte im Treppenhaus. Sam kniete sofort neben Michael. Er atmete schwer, sein Gesicht war blutverschmiert. Seine Rippen fühlten sich unter ihrer vorsichtigen Berührung instabil an.

«Ruf einen Krankenwagen», keuchte er. «Sofort.»

Sam zog ihr Handy heraus und forderte einen Krankenwagen an. Danach wählte sie Chris' Nummer. «Sie waren hier», sagte sie knapp. «Zwei Profis. Michael ist schwer verletzt. Ich fahr jetzt mit ihm ins Urban-Krankenhaus.»

«Dann ist es sicher besser, du packst deine Sachen und übernachtest heute bei mir,» sagte Chris ohne Umschweife. «Du brauchst einen sicheren Ort für die Nacht.»

Die Fahrt ins Krankenhaus war ein Albtraum aus Schmerzen und Sorge. Drei gebrochene Rippen, diagnostizierte der Arzt. Schwere Prellungen. Michael würde die Nacht zur Beobachtung bleiben müssen.

Chris wartete bereits vor seiner Wohnung auf sie, die Anspannung deutlich in seiner Haltung. Drinnen hörte er ihren Bericht mit wachsender Sorge.

«Sie werden beim nächsten Mal besser vorbereitet sein», sagte er schließlich. «Mit mehr Leuten.»

Sams Hände zitterten noch immer leicht. Die Adrenalinwelle des Kampfes war längst verebbt, zurück blieb nur Erschöpfung. Und die Gewissheit, dass dies erst der Anfang war. Der nächste Angriff würde nicht lange auf sich warten lassen.

In Chris' Arbeitszimmer öffnete Sam ihren Laptop. Die Elite-Zugangsdaten für S.T.Y.X. müssten inzwischen freigeschaltet sein. Ihre Finger zitterten leicht, als sie sich einloggte - nicht mehr von der Erschöpfung des Kampfes, sondern von dem Wissen, was sie gleich sehen würde. Die Seite öffnete sich, elegant gestaltet, professionell verschlüsselt. Und dort, ganz oben in der Liste der «Premium Live Events», stand es:

Staffel 19 – Leah – Episode 1-3

Staffel 19 – Leah – Next Live-Session: November 23rd 9.00 pm.

Das war morgen.

Erste Episode. Leah in der Zelle. Klinische Gewalt, präzise inszeniert. Sam zwang sich zur professionellen Distanz, analysierte Kamerawinkel, Beleuchtung, architektonische Details. Die Zelle - roher Beton aus der Nachkriegszeit. Gewölbte Decke. Flackernde Neonröhren.

«Warte.» Sie pausierte das Video. «Gestern hab ich von Michael gelernt, dass das alte DDR-Technik ist. Vermutlich aus den siebziger Jahren.»

Zweite Episode begann mit Leahs Flucht. Sam musste mehrmals pausieren, ihr Magen rebellierte. «Diese Bastarde», flüsterte sie. «Sie haben die Tür absichtlich offen gelassen. Es war eine Falle.»

«Analysiere es technisch», sagte Chris sanft und drückte ihre Schulter. Seine eigene Stimme zitterte. «Konzentrier dich auf die Details. Nur die Details.»

Sam zwang sich zur Professionalität. Während die Videosequenz lief, öffnete sie einen zweiten Browser. ‚Berliner U-Bahn Architektur Geschichte‘, ‚Reichsbahn Tunnelbau 1930‘, ‚BVG historische Baustandards‘. Ein Artikel nach dem anderen bestätigte ihre Vermutungen.

«Der Tunnel ist eindeutig alte Berliner U-Bahn-Architektur.» Sie scrollte durch ein technisches Dokument der TU Berlin. «Sieh dir diese Gewölbebögen an - das entspricht exakt den Reichsbahn-Spezifikationen. Die haben für die Ewigkeit gebaut.» Sie öffnete ein altes Bauarchiv-PDF. «Die Kabelführungen an den Wänden - diese schweren Porzellan-Isolatoren, das ist typisches AEG-Design der dreißiger Jahre.» Ihre Augen huschten zwischen Video und historischen Dokumenten hin und her. «Moment...» Sie vergrößerte ein Detail im Video, verglich es mit einer technischen Zeichnung aus dem Jahr 1932. «Die Revisionsnischen - der Abstand beträgt exakt dreißig Meter. Das war damals Reichsbahn-Norm.» Ein weiterer Tab öffnete sich. «Und diese Steinfugen... hier, ein Artikel über Kriegsarchitektur. Nach 1943 verwendeten sie einen anderen Mörtel wegen Materialmangel. Das hier ist definitiv Vorkriegsqualität.»

«Die Stromführung», ergänzte Chris und deutete auf den Bildschirm. «Diese Verteilerkästen - das sind noch die originalen Siemens-Modelle.» Sam nickte, öffnete eine historische Produktdokumentation von Siemens. «Ja, die Serie S-27. Wurde nur bis ‚39 verbaut. Danach stellten sie auf Kriegsproduktion um.»

Ein gellender Schrei aus dem Video ließ sie beide zusammenzucken. «Oh Gott, Leah...» Sam presste die Hand vor den Mund.

Die Verfolgungsszene wurde brutaler. Die Kamera folgte Leah durch die gewundenen Tunnel, ihre panische Flucht erbarmungslos dokumentierend. Das Echo ihrer Schritte vermischte sich mit den schweren Tritten ihrer Verfolger.

«Warte.» Sam spulte zurück, ihre Hände zitterten so stark, dass sie die Taste mehrmals verfehlte. «Die Kabelschächte - siehst du das Muster der Abzweigungen? Das ist ein spezifisches Lüftungssystem. Wurde nur in bestimmten Abschnitten verwendet.»

Sie öffnete alte Konstruktionspläne auf dem zweiten Monitor, verglich fieberhaft Details. «Diese vertikalen Lüftungsschächte, die Anordnung der Notausgänge - das ist ein sehr spezifisches Bauprinzip.»

«Sieh dir das an.» Sie vergrößerte ein Detail. Ein verblichenes Notfall-Schild, kaum lesbar: «Notausstieg 23-B». Das alte BVG-Logo.

Die dritte Episode war anders. Sam bemerkte es sofort - subtile Unstimmigkeiten in der Bewegungsdynamik, zu perfekte Übergänge zwischen den Szenen. Die Schatten verhielten sich minimal unrealistisch, die Reaktionen waren zu berechenbar.

«Moment...» Sie spulte zurück, analysierte Frame für Frame. «Das ist eine KI-Simulation. Hochentwickelt, aber definitiv digital generiert.» Ihre Stimme brach. «Chris... warum sollten sie eine KI-Version brauchen? Es sei denn...»

Panik stieg in ihr auf. Die Übelkeit, die sie die ganze Zeit unterdrückt hatte, wurde übermächtig. «Was wenn sie... was wenn Leah schon...» Sie konnte den Satz nicht beenden.

Chris kniete sich neben sie, nahm ihre zitternden Hände in seine. «Nein. Denk nicht mal dran. Sie experimentieren mit der Technologie, das ist alles. Testen neue Möglichkeiten.»

Aber die Angst hatte sich festgesetzt. Sam starrte auf den Bildschirm, wo die digitale Version ihrer besten Freundin perfekt simulierte Qualen durchlitt. Die technische Brillanz der KI machte es nur noch verstörender.

«Nein.» Chris' Stimme war fest. «Das bedeutet nur, dass sie experimentieren. Neue Technologien testen.»

Aber der Zweifel nagte. Was, wenn Leah bereits tot war? Wenn dies nur noch digitale Schatten waren?

Sam schloss den Laptop. Ihre Hände zitterten unkontrolliert. Die professionelle Fassade bröckelte.

«Du brauchst Schlaf», sagte Chris sanft. «Nimm du das Schlafzimmer. Ich nehme die Couch.»

Sam nickte stumm. Aber der Schlaf kam nicht. Die Bilder kreisten in ihrem Kopf, vermischten sich mit Albträumen. Nach einer Stunde gab sie auf.

Im Wohnzimmer brannte noch Licht. Chris lag auf der Couch, wach wie sie. Ohne ein Wort rutschte er zur Seite, machte ihr Platz. Sie legte sich neben ihn, spürte seine Wärme, seinen ruhigen Herzschlag.

Seine Arme schlossen sich um sie. Irgendwann, als der Morgen bereits dämmerte, fielen sie in einen unruhigen Schlaf.

~❖~

«**V**erdammte Scheiße!» Petrovs Stimme hallte durch den Kontrollraum. Er packte einen der Männer. «Eine einzelne Frau! Diese verdammte Asiatin hat euch fertig gemacht - genau wie das Team am Berghain! Was für Idioten hab ich hier angeheuert?»

Er stieß den Mann von sich und begann wie ein Tiger im Käfig auf und ab zu gehen. Seine sonst so kontrollierte Fassade bröckelte.

«Wisst ihr eigentlich, was hier auf dem Spiel steht? Millionen! Ein perfekt funktionierendes System! Und ihr lasst euch von einer Kung-Fu-Tussi vorführen?» Er blieb stehen, seine Augen kalt wie Eis. «Verschwindet, bevor ich die Geduld verliere. Aber behaltet die Wohnungen im Auge. Ich will minütliche Updates. Jede Bewegung, jeden Kontakt - alles!»

Die Männer zogen sich hastig zurück. Ihre Blicke sorgfältig auf den Boden gerichtet.

«Dr. Klein!» Petrov wirbelte zu ihr herum. «Checken Sie die komplette Infrastruktur. Jeden verdammten Zugriff der letzten Wochen. Ich will wissen, ob irgendwas eingeschleust wurde - Würmer, Trojaner, was auch immer.»

«Was ist mit Veroniques System?», fragte Dr. Klein ruhig.

«Das auch! Alles! Und noch was...» Er trat näher an ihren Arbeitsplatz. «Löschen Sie alle Neukunden der letzten vier Wochen. Komplett. Ohne Ausnahme.»

«Die Bitcoin-Zahlungen-»

«Zurücküberweisen. Denken Sie sich was aus - Kapazitätsüberlastung, technische Probleme, ist mir egal. Hauptsache sie sind raus

aus dem System.» Er stapfte Richtung Tür. «Ich hab genug für heute. Die Analyse der dritten Episode und die Vorbereitungen für morgen - das ist jetzt euer Problem.»

Die Tür knallte so heftig ins Schloss, dass die Monitore vibrierten.

Kozlov und Dr. Klein tauschten lange Blicke.

«Was willst du zuerst angehen?», fragte Kozlov und zog seine Zigarettenschachtel hervor. «Die Systeme checken oder die Session besprechen?»

Dr. Klein lehnte sich in ihrem Stuhl zurück. «Lass uns mit der Session anfangen. Dann kannst du an die frische Luft und ich arbeite die technischen Punkte ab.» Sie öffnete die Zuschauerstatistiken. «Die KI-generierte Episode war grundsätzlich erfolgreich, aber wir haben ein Problem.»

«Wie viele haben es bemerkt?», fragte Kozlov und blies Rauch zur Decke.

«Siebzehn Prozent der Premium-User.» Sie scrollte durch die Kommentare. «Sie zahlen für absolute Authentizität, für ungefilterte Realität. Die simulierten Emotionen waren gut, aber nicht perfekt. Morgen müssen wir wieder echtes Material liefern. Raw und brutal.»

«Wie hast du die Wünsche der User eingesammelt?», fragte er interessiert.

«Vorab-Umfrage mit detaillierten Optionen.» Dr. Klein drehte sich zu ihm. «Das Feature werden wir auch zukünftig beibehalten. Die User lieben es, wenn sie das Gefühl haben, die Show mitzugestalten.»

«Das morgige Setup wird spektakulär.» Sie aktivierte eine komplexe 3D-Simulation. «Green-Screen-Technik für die mittelalterliche Kulisse. Im Hintergrund laufen KI-generierte Nebenhandlungen, aber der Fokus liegt auf Leah. Alles an ihr wird echt sein - die Fesseln, die Instrumente, die Schmerzen.» Sie checkte die Zeitpläne. «Boris hat den ganzen Tag, um in seine Rolle zu finden.»

«Und danach?», Kozlov zündete sich eine neue Zigarette an, seine Augen leuchteten. «Für Version 3.0 brauchen wir einen unvergesslichen Abschluss. Ich hab da ein paar Ideen - eine römische Arena mit echten Gladiatorenkämpfen vielleicht. Oder ein inszenierter Sturz vom Hochhaus, perfekt gefilmt in extremer Zeitlupe. Die technischen Möglichkeiten sind endlos.»

«Fokussieren wir uns erst mal auf morgen», unterbrach Dr. Klein seinen kreativen Fluss. «Die aktuellen Zahlen?»

«Über eine Million in Kryptowährungen, Tendenz stark steigend.» Sie analysierte die Umfrageergebnisse. «Die User haben sehr spezielle Vorstellungen eingereicht. Erstaunlich kreativ, manche fast poetisch in ihrer Grausamkeit.»

«Wir erfüllen ihre Wünsche», Kozlov blies einen perfekten Rauchring. «Aber mit Augenmaß. Wir brauchen sie noch für das große Finale in drei Tagen.»

Dr. Klein aktivierte die Testsequenzen für den nächsten Tag. Auf den großen Monitoren erschienen mittelalterliche Gewölbe aus perfekt simuliertem Naturstein. Fackeln warfen tanzende Schatten an die Wände, untermalt von einer sorgfältig komponierten Geräuschkulisse - tropfendes Wasser, knisterndes Feuer, entfernte Schmerzensschreie.

«Boris ist vollständig eingewiesen?», fragte Kozlov während er die Vorschau studierte.

«Mehr als das.» Dr. Klein lächelte dünn. «Er lebt seit heute Morgen in seiner Rolle. Authentisches Kostüm, method acting vom Feinsten. Er hat sich tagelang mit mittelalterlichen Foltermethoden beschäftigt. Die historischen Details werden perfekt sein.»

Sie wechselte zu den medizinischen Displays. Leahs Vitalwerte scrollten über den Bildschirm - Herzfrequenz, Blutdruck, Sauerstoffsättigung, Stresshormone.

«Die Ausgangswerte sind optimal für morgen», erklärte sie fachmännisch. «Die Medikamentenmischung ist exakt austariert. Sie wird bei vollem Bewusstsein sein, aber ihr Widerstandswille ist gebrochen. Die perfekte Balance zwischen Klarheit und Verzweiflung.»

«Ausgezeichnet.» Kozlov drückte seine Zigarette aus. «Dann lass uns den Rest vorbereiten. Morgen, 21 Uhr - showtime.»

In ihrer feuchten Zelle wälzte sich Leah unruhig auf der harten Pritsche. Schweiß glänzte auf ihrer Stirn, während Albträume sie plagten. Noch ahnte sie nicht, was der kommende Abend bringen würde. Aber die neuronalen Netze hatten ihre Schmerzgrenzen, ihre Ausdauer, ihre Bruchpunkte bereits genau berechnet. Die Wissenschaft des Leidens war zu einer exakten Kunst geworden.

Dr. Klein wandte sich nach Kozlovs Abgang den Systemüberprüfungen zu. Die Analyse ihrer Server und der Systeme des Escort-Clubs brachten keine Auffälligkeiten. Alles war sauber - keine unautorisierten Zugriffe, keine versteckte Malware, keine Trojaner. Sämtliche Sicherheitsscans blieben negativ. Das überraschte sie nicht wirklich.

Mit methodischer Präzision ging sie die Kundenliste durch. 293 Neuanmeldungen in den letzten vier Wochen. 32 hatte sie bereits initial abgelehnt - manche wegen fehlender formaler Voraussetzungen, andere aus purem Instinkt. Die verbliebenen 261 Accounts löschte sie nun systematisch, verschickte standardisierte Mitteilungen über temporäre Kapazitätsengpässe, garniert mit vagen Versprechungen für die Zukunft. Die Bitcoin-Rücküberweisung lief automatisiert.

Während die Transaktionen sich stapelten, warf sie einen letzten Blick auf die Vitalwerte ihrer Gefangenen. Leah hatte sich endlich in einen unruhigen Schlaf gekämpft. Morgen würde sie diese relative Ruhe zu schätzen wissen.

KAPITEL 07
SONNTAG,
23. NOVEMBER

Sam spürte Chris' gleichmäßigen Atem an ihrem Nacken, die beruhigende Wärme seines Körpers an ihrem Rücken. Seine Hand ruhte noch immer beschützend auf ihrer Hüfte, genau wie in dem Moment, als sie endlich eingeschlafen waren. Für einen kostbaren Augenblick erlaubte sie sich, in dieser unerwarteten Intimität zu verweilen, die gestern so natürlich entstanden war.

«Guten Morgen», murmelte Chris in ihr Haar. Seine Stimme war rau vom Schlaf, aber warm. «Besser geschlafen?»

Sam drehte sich in seinen Armen um, betrachtete sein verschlafenes Gesicht. Die Morgensonne betonte die feinen Linien um seine Augen, Spuren eines Lebens voller schwieriger Entscheidungen. «Mit dir an meiner Seite - ja.» Sie lächelte leicht. «Danke, dass du da warst. Die Nacht allein...»

«Hey.» Seine Hand strich sanft über ihre Wange. «Du musst das nicht allein durchstehen.»

Ein Schatten huschte über ihr Gesicht, als ihr Blick aus dem Fenster fiel. Der schwarze Van stand noch immer dort, eine stumme Drohung am Straßenrand.

Chris folgte ihrem Blick. «Lass sie starren. Erst mal brauchen wir Kaffee.» Er setzte sich vorsichtig auf, seine Prellung noch immer deutlich spürbar. «Ich hole frische Brötchen. Croissants für dich, oder?»

«Du kennst mich schon zu gut.» Sie beobachtete, wie er sich anzog. Seine Bewegungen waren kontrolliert, aber sie sah das leichte Zukken, wenn er sich streckte.

Die Küche empfing sie mit dem vertrauten Charme eines Raums, in dem das Leben tatsächlich stattfand. Die antike Kaffeemühle seiner Großmutter - ein Erbstück aus Hamburg, wie er ihr beim letzten Besuch erzählt hatte - stand wie eine zeitlose Wächterin neben der hochmodernen Siebträgermaschine. Ihre mechanischen Innereien glänzten durch das polierte Glas, eine perfekte Metapher für Chris selbst - traditionelle Werte in modernem Gewand.

Als er zurückkam, duftete es nach frischem Gebäck und dem ersten Kaffee des Tages. «Die übliche Bestellung.» Er lächelte und packte die Tüte aus. «Dinkelvollkorn für mich, weil alte Gewohnheiten schwer sterben. Und für dich...»

«Lass mich raten - Croissants, noch warm vom Ofen?» Sie nahm einen tiefen Atemzug von ihrem Kaffee. «Du verwöhnst mich.»

«Du brauchst deine Kraft.» Er setzte sich ihr gegenüber, sein Gesicht wurde ernst. «Die Videos gestern Nacht...»

Sam nickte langsam. Die brutalen Bilder der Darknet-Streams blitzten vor ihrem inneren Auge auf. «Die Architektur in den Aufnahmen

- das sind eindeutig alte U-Bahn-Tunnel. Die typischen Gewölbedekken aus der Vorkriegszeit, die charakteristische Kabelführung an den Wänden.»

Chris beugte sich vor, sein Kaffee vergessen. Der Ex-GSG9-Mann in ihm erwachte. «Du, ich kenne jemanden bei der BVG-Planungskammer. Martin Schneider - wir trainieren seit Jahren zusammen Krav Maga.» Er zog sein Handy heraus, wählte eine Nummer. «Martin? Chris hier. Tut mir leid, dass ich mich so lange nicht im Training habe blicken lassen... Ja, ich weiß, das letzte Bier ist zu lange her... Du, ich brauche deine Hilfe. Dringend. Geht um die alten Tunnel... Ja... Perfekt, wir sind in zwanzig Minuten da.»

Die BVG-Planungskammer lag in einem unscheinbaren Verwaltungsgebäude in Lichtenberg. Martin erwartete sie bereits vor dem Eingang, eine Zigarette zwischen den Fingern. Ein hagerer Mann Anfang fünfzig mit schütterem Haar und wachen Augen hinter einer randlosen Brille.

«Wagner, du Kampfmaschine!» Die beiden Männer umarmten sich herzlich. «Wird Zeit, dass du mal wieder zum Training kommst. Der neue Trainer aus Israel ist der Hammer.»

«Sorry, Martin. Die Arbeit, du weißt schon...» Chris deutete auf Sam. «Das ist Samantha Chen-Miller. Eine sehr gute Freundin.»

«Freut mich.» Martin drückte seine Zigarette aus. «Kommt rein. Die alten Tunnel sind meine Spezialität – 20 Jahre in der Planungskammer der BVG. Da kennt man jeden Stein beim Namen.»

Sie folgten ihm durch lange Gänge. «Chris und ich kennen uns vom Krav Maga», erklärte er Sam. «Er ist einer der Wenigen, die mich trotz meines Alters noch ordentlich fordern können.»

In seinem Büro öffnete er die schweren Planschränke. Seine Augen leuchteten mit echter Begeisterung, als er die vergilbten Karten auf einem großen Arbeitstisch ausbreitete.

«Aber sagt mal - wofür braucht ihr die?» fragte er, während er einen Stapel Pläne vorsichtig ausrollte.

«Recherche», antwortete Chris vage. «Historisches Projekt.»

Sam öffnete ihren Laptop. «Wir suchen speziell nach alten Tunnel-Abschnitten, die bestimmte Merkmale aufweisen.» Sie zeigte Martin einige Screenshots von historischen U-Bahn-Tunneln die mit den Video-Sequenzen übereinstimmten. «Siehst du diese charakteristische Bauweise? Gewölbedecken mit genau diesem Radius, dazu die typischen Kabelschächte der Vorkriegszeit. Wir brauchen Bereiche, die groß genug sind und diese spezifische Architektur aufweisen.»

Martins Augen leuchteten auf - der Enthusiasmus des echten Experten. «Ah, die Behrens-Bauweise! Das war eine ganz besondere Periode im Berliner U-Bahn-Bau.» Er ging zu den Planschränken. «Die verwendeten damals eine sehr spezifische Wölbung, die sich von späteren Bauabschnitten deutlich unterscheidet. Ich zeig euch mal was...»

Er breitete die vergilbten Karten auf einem großen Arbeitstisch aus. Der Geruch des alten Papiers erfüllte den Raum. Fünf potenzielle Locations kristallisierten sich heraus.

«Der Moritzplatz», begann Martin und deutete auf eine detaillierte Zeichnung. «Gewaltiger unterirdischer Komplex aus den 1920ern. Peter Behrens hat ihn entworfen - 1140 Quadratmeter ungenutzte Fläche. Die ursprünglichen Pläne sahen einen Umsteigebahnhof vor, aber dann kam der Krieg.» Seine Finger folgten den verblassten Linien. «Wurde später als Luftschutzbunker genutzt. Perfekte Kombination aus Zugänglichkeit und Isolation.»

Sam studierte die Pläne. «Die Kabelschächte passen zu den Aufnahmen. Und diese charakteristischen Lüftungskanäle...» Sie markierte die Koordinaten in ihrer digitalen Karte. «Definitiv eine Option.»

«Dann der Rohbau unter der Dresdener Straße», fuhr Martin fort. «Gebaut 1915, mitten im ersten Weltkrieg. Fast nur Frauen als Arbeitskräfte, weil die Männer an der Front waren.» Er schüttelte den Kopf. «Aber der fällt raus - 2015 mit Flüssigerde verfüllt.»

«Der Waisentunnel», Martin deutete auf eine weitere Karte. «865 Meter Länge, perfekt erhaltene Vorkriegsarchitektur. Die Spreeunterfahrung ist marode, aber der Rest ist noch voll intakt.»

«1200 Quadratmeter potenzielle Hölle,» flüsterte Sam Chris zu.

«Der Klosterstraßen-Stutzen», Martin war voll in seinem Element. «Hundert Meter verlassener Tunnel unter der U2. Aber...» Er verglich die Strukturen auf Sams Laptop mit den alten Plänen. «Die Architektur passt nicht. Zu modern.»

«Bleibt die Eisackstraße.» Sagte Martin und warf eine weiteren Plan auf den Kartentischn. «Zweihundert Meter ursprünglicher Tunnel, plus die alte Betriebswerkstatt. Wurde im Krieg auch als Luftschutzbunker genutzt.»

Sam und Chris betrachteten es lange. «Die Wandstrukturen in den Videos - diese spezifische Wölbung der Decken... das könnte passen.»

«Ich mach euch Kopien von den relevanten Plänen», sagte Martin und ging zum Kopierer.

Sam öffnete ihren Laptop, um die Pläne mit den Videos zu vergleichen. Ihre Finger zögerten kurz über der Tastatur. «Verdammt», murmelte sie nach einigen Versuchen. «Der Darknet-Zugang - sie haben mich ausgesperrt. Phoenix ist geblockt.»

«Hattest Du Screenshots gemacht?», fragte Chris leise.

Sam schüttelte den Kopf. «Das Anti-Screen-Capture-System war zu gut. Ich konnte keine Screenshots aufnehmen. Jeder Versuch wurde sofort erkannt und geblockt. Selbst mit dem Handy - der Bildschirm wurde einfach schwarz, sobald eine Kamera erkannt wurde.» Sie schlug frustriert auf den Tisch. «Die ganzen Details aus den Videos, die Kamerawinkel, die spezifischen Strukturen - ich muss mich auf meine Erinnerung verlassen.»

«Hey», Chris legte seine Hand auf ihre Schulter. «Du hast ein fotografisches Gedächtnis für solche Details. Und die wichtigsten Merkmale haben wir jetzt identifiziert.»

«Hier die Pläne», sagte Martin. «Aber passt auf - manche dieser Tunnel sind seit Jahrzehnten nicht mehr betreten worden. Könnte gefährlich werden.»

Chris nickte dankbar. «Wir sind vorsichtig.»

Zehn Minuten später machten sie sich auf den Weg zurück zu Chris' Wohnung. Die kopierten Pläne sicher in Sams Tasche verstaut.

«Also drei mögliche Locations», sagte Chris leise. «Moritzplatz, Waisentunnel, Eisackstraße. Wir müssen sie alle checken.»

Sam nickte, der Gedanke an Leah in einem dieser düsteren Tunnel ließ ihr Herz rasen. «Aber diesmal clever. Diese Leute sind Profis - das haben sie gestern Nacht bewiesen.»

«Lass uns nochmal versuchen Weber für uns zu gewinnen.» Chris griff nach ihrer Hand über den Tisch. Seine Berührung war warm, beruhigend. «Seine Ressourcen, seine Unterstützung. Aber vorher...»

«...müssen wir unsere Schatten abschütteln.» Sam warf einen Blick aus dem Fenster, wo der schwarze Van noch immer wartete. Ein schwaches Lächeln huschte über ihr Gesicht. «Zeit für ein kleines Katz-und-Maus-Spiel?»

Chris erwiderte ihr Lächeln, aber seine Augen blieben ernst. «Wir müssen vorsichtig sein. Diese Leute haben gestern ihre Warnung sehr deutlich gemacht.»

Sam spürte Chris' beschützende Präsenz hinter sich. Der Tag würde nicht einfach werden, aber zum ersten Mal seit Leahs Verschwinden hatte sie das Gefühl, der Wahrheit näher zu kommen.

Irgendwo in den Tiefen Berlins, in einem dieser vergessenen Tunnel, wartete ihre beste Freundin. Und die Zeit lief.

Die U-Bahn roch nach feuchtem Metall und billigem Duschgel. Die Waggons waren mit müden Pendlern gefüllt, deren Blicke starr auf ihre Smartphones gerichtet waren. Sam stand an der Tür, ihre Finger trommelten einen nervösen Rhythmus gegen den Haltegriff. Chris lehnte neben ihr, sein Körper scheinbar entspannt, aber seine Augen scannten methodisch jeden neuen Passagier.

Der schwarze Van war ihnen bis zur U-Bahn-Station gefolgt. Zwei Männer in dunklen Lederjacken stiegen mit ihnen ein, positionierten sich am anderen Ende des Waggons.

«Nächster Halt Kottbusser Tor», dröhnte die mechanische Stimme durch den Waggon. Chris' Hand berührte kurz Sams Ellbogen - das vereinbarte Signal. Als die Türen sich öffneten, tauchten sie ein in den Strom der Umsteiger. Die morgendliche Rushhour war ihr Verbündeter - hunderte Menschen, die zur U8 drängten, schoben sich zwischen sie und ihre Verfolger.

An der Rolltreppe teilte sich der Menschenstrom. Sam und Chris nahmen die Treppe, während ihre Schatten die überfüllte Rolltreppe wählten. Unten angekommen, wartete bereits die U8. Sie sprangen in den vordersten Waggon, die Türen schlossen sich vor den keuchenden Verfolgern, die noch auf der Rolltreppe feststeckten.

«Berliner Verkehrsplanung», murmelte Chris anerkennend. «Manchmal unser bester Freund.»

Im Polizeipräsidium empfing sie Webers müder Blick. Seine Augen zeigten die Spuren durchwachter Nächte, aber seine Stimme blieb professionell distanziert.

«Sie haben also neue Erkenntnisse, Ms. Chen-Miller?»

Sam holte tief Luft. «Die zweite Episode von Leahs... Videos. Sie zeigt eindeutig alte U-Bahn-Tunnel. Die Architektur ist unverwechselbar - gewölbte Decken aus der Vorkriegszeit, die charakteristische Kabelführung an den Wänden. Es gibt drei Tunnel, die dafür in Frage kommen. Moritzplatz, Waisentunnel, Eisackstraße. Sogar die Revisionsnischen haben den exakten dreißig-Meter-Abstand der alten Reichsbahn.»

Weber lehnte sich vor. «Interessant. Können Sie mir diese Videos zeigen?»

«Das ist das Problem.» Sam biss sich auf die Lippe. «Mein Zugang wurde deaktiviert. Auch die Videos von gestern. Sie haben alles blockiert.»

«Also keine Beweise?» Webers Stimme wurde schärfer.

«Die architektonischen Details sind eindeutig! Die Tunnel-»

«Ms. Chen-Miller.» Seine Stimme wurde förmlich. «Ich hatte es ihnen bereits bei unserem letzten Treffen gesagt. Dies ist jetzt eine internationale Ermittlung. Europol hat die Führung übernommen.»

«Das hatten sie bereits erwähnt», Sam sprang auf. «Aber wir haben weitere Beweise und der Tatort ist hier! Unter Berlin! Wir haben-»

«Nichts, das über die offiziellen Kanäle eingereicht werden könnte.» Weber klang jetzt genervt. «Das System funktioniert manchmal langsam, aber es funktioniert. Vertrauen Sie dem Prozess.»

«Vertrauen?» Sam lachte bitter. «Während Sie Berichte schreiben, plant diese Bande ihre nächste Folter.»

«Ms. Chen-Miller-»

«Vergessen Sie's.» Sams Stimme war jetzt eisig. «Einen schönen Tag noch, Kommissar.»

Draußen empfing sie der kalte Novemberwind. Chris' Gesicht war hart geworden, die Narbe an seiner Schläfe trat deutlicher hervor.

«Plan B», sagte er knapp und zog sein Handy hervor. Seine Finger flogen über die Tastatur, verschickten verschlüsselte Nachrichten an alte Kameraden. Namen aus einer Zeit, als Loyalität noch über Dienstvorschriften stand. Thomas. Yilmaz. Amira. Alle hatten den Dienst quittiert, weil sie das System nicht mehr ertrugen.

«Zwei Stunden für die ersten Zusagen», murmelte er. «Vierundzwanzig für ein komplettes Team. Aber wir brauchen einen sicheren Ort. Meine Wohnung ist kompromittiert.»

«Das Kung Fu Studio», sagte Sam nach kurzem Nachdenken. «Meister Chen... er versteht solche Situationen.»

Das Studio empfing sie mit dem vertrauten Geruch nach Holz und Geschichte. Meister Chen praktizierte seine morgendliche Form, seine Bewegungen fließend wie Wasser. Er beendete seine Übung, bevor er sich ihnen zuwandte.

«Sifu», begann Sam auf Mandarin. «Wir brauchen Deine Hilfe. Einen sicheren Ort für einige Tage. Diskret, ohne Fragen.»

Chen betrachtete sie lange. «Die Situation ist ernst», stellte er fest. Es war keine Frage.

«Leben stehen auf dem Spiel», antwortete Sam leise. «Wir brauchen einen Raum für Besprechungen. Einen Ort, der nicht überwacht wird.»

Chen nickte langsam. «Der Meditationsraum im hinteren Teil. Mein persönlicher Rückzugsort.» Er lächelte dünn. «Keine Fenster. Dicke Wände aus der Vorkriegszeit. Und...» Seine Augen funkelten. «Die perfekte Akustik, um Gespräche zu verschlucken.»

Er führte sie durch einen schmalen Gang zu einer schweren Holztür. Der Raum dahinter war klein, aber perfekt für ihre Zwecke. Reismatten bedeckten den Boden, alte Kalligraphien schmückten die Wände. In einer Ecke stand ein kleiner Altar mit Räucherstäbchen.

«Normalerweise betritt niemand außer mir diesen Raum», sagte Chen. «Aber manchmal muss man alte Gewohnheiten für wichtigere Dinge aufgeben.» Er reichte Sam einen schweren Schlüssel. «Nutzt ihn solange ihr müsst. Ich sage den anderen, der Raum wird ausnahmsweise für spezielle Meditation genutzt.»

Sie richteten ihr improvisiertes Hauptquartier zwischen den kalligraphischen Schriftzeichen ein. Chris' Laptop projizierte Tunnelpläne an die weiß getünchte Wand, während die ersten Zusagen seiner alten Kameraden eingingen.

~❖~

Die Mittagshitze flimmerte über dem Asphalt, als Sam und Chris das Kung Fu Studio verließen. Die erste Adresse auf ihrer Liste war der Moritzplatz - ein unterirdisches Labyrinth aus den 1920er Jahren. Der Zugang lag versteckt hinter einer verrosteten Eisentür in einer unscheinbaren Seitenstraße.

«1140 Quadratmeter vergessene Geschichte», murmelte Chris, während er die schwere Tür aufbrach. Der Geruch von feuchtem Stein und jahrzehntealtem Staub schlug ihnen entgegen. Ihre Taschenlampen warfen tanzende Schatten an die gewölbten Wände.

Die erste Ebene war ein Friedhof gescheiterter Träume. Behrens hatte einen prachtvollen Umsteigebahnhof geplant, aber der Krieg hatte andere Pläne gehabt. Jetzt zeugten nur noch die eleganten Rundbögen und die kunstvollen Kabelführungen von der ursprünglichen Vision.

«Die Gewölbedecken passen», sagte Sam und leuchtete nach oben. «Aber sieh dir die Kabelschächte an - das ist modernere Technik als in den Videos.»

Sie drangen tiefer in den Komplex vor. Die zweite Ebene war während des Krieges als Luftschutzbunker genutzt worden. Verblichene Wegweiser führten zu leeren Sanitätsräumen. In einem fanden sie ein verrostetes Krankenbett, darauf eine zerfallene Ausgabe des «Völkischen Beobachters» von 1944.

«Zu viele Spuren», stellte Chris fest. Seine professionelle Stimme hallte von den Wänden. «Urban Explorer, Graffiti-Künstler, Obdachlose - dieser Ort wird zu häufig besucht.»

Der Waisentunnel war ihre nächste Station. 865 Meter verlassene Röhre unter der Stadt, ein perfekt erhaltenes Stück Vorkriegsarchitektur. Der Eingang lag versteckt unter einer überwucherten Böschung nahe der Spree.

«Die Bunkeranlage ist noch intakt», sagte Chris, während sie durch die feuchten Gänge schlichen. Ihre Schritte hallten unnatürlich laut. «1200 Quadratmeter potenzielle Hölle.»

Die erste Sektion des Tunnels war trocken, fast klinisch sauber. Aber je tiefer sie vordrangen, desto deutlicher wurde der Verfall. Wasserlachen spiegelten ihre Lampen, von der Decke tropfte es stetig. In der Ferne hörten sie das dumpfe Grollen der U-Bahn.

«Die Akustik stimmt nicht», flüsterte Sam. «In den Videos war der Hall anders, trockener.» Sie leuchtete die Wände ab. «Und diese Kabelführungen - zu neu, zu ordentlich.»

Ein plötzliches Geräusch ließ sie herumfahren. Eine Ratte huschte über den feuchten Boden, verschwand in einem Riss in der Wand. Ihre Taschenlampen folgten dem Tier, enthüllten weitere Spalten und Risse.

«Der ganze Komplex ist marode», sagte Chris. «Wassereinbruch von der Spree. Die würden hier keine hochprofessionelle Operation aufziehen.»

Sie erreichten die alte Betriebszentrale. Verblichene Schalttafeln starrten sie an wie blinde Augen. An einer Wand hing noch ein verstaubtes Porträt von Erich Honecker, das Glas der Rahmung zerbrochen.

«Auch hier - keine Chance.» Chris schüttelte den Kopf. «Zu viel Feuchtigkeit für empfindliche Elektronik. Zu instabil für regelmäßige Nutzung.»

Sie machten kehrt, ihre Schritte ein einsamer Rhythmus in der Dunkelheit. Zwei Locations von ihrer Liste gestrichen.

Der Rückweg durch die feuchten Tunnel schien länger als der Hinweg. Das stetige Tropfen des Wassers und das ferne Grollen der U-Bahn vermischten sich zu einer gespenstischen Symphonie. Irgendwo in der Dunkelheit quietschte wieder eine Ratte.

«Die Eisackstraße ist unsere letzte Chance für heute», sagte Sam und wischte sich den Tunnelstaub von der Jacke.

Der verlassene U-Bahn-Tunnel an der Eisackstraße empfing sie mit dem charakteristischen Geruch alter Gleisanlagen - eine Mischung aus verrostetem Metall, feuchtem Stein und Geschichte. Der Abstieg erfolgte über eine steile Metallleiter. Sam spürte die kalte, feuchte Luft, die aus der Tiefe aufstieg. Der charakteristische Geruch alter Tunnel - Rost, Staub, Geschichte.

Chris' geübter Blick erfasste sofort die versteckten Überwachungskameras, professionell getarnt als veraltete Notfallbeleuchtung. Seine Hand berührte kurz ihren Arm. Er hatte die ersten Spuren entdeckt - feine Schleifriefen im Boden, metallisch glänzend unter jahrhundertealtem Staub.

«Aktive Sicherung», flüsterte er. «Neueste Technik hinter alter Fassade. Und diese Schleifspuren sind frisch. Maximal zwei Wochen alt.»

Sie fanden einen toten Winkel zwischen den Kameras, als plötzlich Stimmen durch die Tunnel hallten. Das Echo von Schritten kam näher, begleitet von aufgeregtem Touristengemurmel.

«Schnell.» Chris zog Sam in eine Wartungsnische. Sekunden später zog eine Gruppe vorbei, angeführt von einem Guide in historischer BVG-Uniform, der begeistert von der «faszinierendsten Lost Place Location Berlins» schwärmte.

«Perfekte Tarnung», murmelte Sam anerkennend. «Touristen als Deckmantel für die echten Aktivitäten.»

Als die Gruppe außer Sichtweite war, untersuchten sie die Tunnelstruktur genauer. Die Kabelführungen entsprachen exakt denen aus den Videos. Auch die charakteristischen Revisionsnischen im 30-Meter-Abstand stimmten überein. Sie fanden neue Befestigungspunkte für Ketten, kunstvoll als historische Halterungen getarnt.

«Sieh dir das an.» Sam deutete auf eine scheinbar veraltete Verteilerdose. «Nagelneue Glasfaserkabel, getarnt als historische Elektrik. Und die Beleuchtung - sie haben die original Vorkriegs-Lampenhalterungen reaktiviert. Exakt wie im Video.»

Chris nickte grimmig. «Und hier - die ‚defekten' Überwachungskameras sind alle auf die gleichen toten Winkel gerichtet. Als würde jemand gezielt Bereiche ausblenden wollen.»

Eine weitere Touristengruppe näherte sich. Sie nutzten die Gelegenheit, sich unauffällig unter die Besucher zu mischen. Der Guide führte sie an mehreren verschlossenen Nebentunneln vorbei - alle mit «Einsturzgefahr» gekennzeichnet, alle mit erstaunlich neuen Schlössern gesichert.

«Das ist es», flüsterte Sam. «Der Ort passt. Die Sicherung passt. Die verdeckten Zugänge - alles stimmt mit den Videos überein.» Jetzt ging es nur noch darum, wie sie die gesicherten Bereiche erkunden konnten - ohne dabei die professionelle Überwachung zu alarmieren.

Sie hatten gefunden, wonach sie suchten.

~❖~

«**M**ichael ist stabil», sagte sie zwischen zwei Bissen und legte ihr Handy auf den Tisch. Sie hatten noch einen geöffneten Imbiss an der Ecke gefunden. «Die Rippen heilen gut, aber sie behalten ihn noch zur Beobachtung.» Sie rieb sich die müden Augen. «Er ist frustriert, dass er morgen nicht dabei sein kann.»

Chris nickte, während er seinen Döner auswickelte. «Alle haben zugesagt. Thomas, Yilmaz, Amira - sogar Eric kommt extra aus Hamburg. Neun Uhr morgen früh im Studio.»

Die Müdigkeit der langen Tunnelerkundung machte sich bemerkbar. Der Gedanke an den Rückweg zu ihren Wohnungen - beide möglicherweise überwacht - war wenig verlockend.

«Das Studio», sagte Sam schließlich. «Meister Chen würde verstehen.»

Als sie zum Studio zurückkehrten, fanden sie Chen noch immer wach, in seinem kleinen Büro über alte Kalligraphien gebeugt. Ein Blick auf ihre erschöpften Gesichter genügte.

«Der Meditationsraum ist vorbereitet», sagte er auf Mandarin. Er führte sie durch die stillen Gänge. Auf den Tatami-Matten lagen bereits zwei dünne Futons, daneben ein Stapel traditioneller Baumwolldecken.

«Die Matten sind hart», sagte er mit einem feinen Lächeln. «Aber sie erden den Geist.» Er reichte ihnen eine Tasche mit Handtüchern und grundlegenden Toilettenartikeln. Alles war schlicht, zweckmäßig, perfekt durchdacht.

«Die Duschen sind am Ende des Ganges», fügte er hinzu. «Ich habe frische Gi bereitgelegt, falls Sie sich umziehen möchten.»

Sam verbeugte sich tief. «Sifu... danke.»

Ein kaum merkliches Nicken. «Ruhen Sie sich aus. Morgen wird ein wichtiger Tag.» Er glitt lautlos hinaus, schloss die schwere Holztür hinter sich.

Sie duschten abwechselnd, das heiße Wasser wusch den Tunnelstaub und die Anspannung des Tages fort. Die frischen Gi rochen nach Sonne und Wind - Chen musste sie auf dem Dach getrocknet haben.

Die Tatami-Matten waren tatsächlich hart, aber nach diesem Tag war das nebensächlich. Das gedämpfte Licht der Papierlampe warf sanfte Schatten an die Wand. Irgendwo in der Ferne heulte eine Polizeisirene.

«Neun Uhr», murmelte Chris noch einmal, schon halb im Schlaf. «Das Team wird pünktlich sein.»

Sam starrte noch lange an die Decke, lauschte Chris' ruhigen Atemzügen. Morgen würden sie einen Plan schmieden. Morgen würden sie Leah einen Schritt näher kommen.

Die Nacht senkte sich über das Studio, während draußen Berlin seinem morgigen Tag entgegenschlief.

Der verlassene U-Bahn-Tunnel war kalt und feucht, aber im Kontrollraum herrschte wie vor jeder Live-Session die klinische Atmosphäre eines High-Tech-Studios. Dr. Klein und Kozlov waren gerade von der Zentrale in Marzahn eingetroffen, als Petrov durch die schwere Stahltür stürmte.

«Verdammte Idioten!» Seine Faust krachte auf den Tisch. Monitore vibrierten. «Die Jungs haben das letzte Mal eine Aufgabe verbockt. Erst das Desaster am Berghain, dann die Wohnungsdurchsuchung und jetzt verlieren diese Stümper auch noch ihre Spur! Wofür bezahle ich diese Deppen?» Seine Stimme wurde schneidend. «Wir hätten sie gleich eliminieren sollen, als sie anfingen zu schnüffeln. Verdammte Scheiße!»

Sein Handy vibrierte. Andrews Nummer aus London ließ ihn kurz erstarren.

«Andrew! Schön von dir zu hören!» Er wechselte nicht nur die Sprache, auch seine Stimme wurde augenblicklich geschmeidig. «Die Zahlen? Besser als erwartet. Die Zuschauer sind begeistert von der neuen Staffel.» Er lauschte kurz. «Natürlich, die technische Qualität ist perfekt. Dr. Kleins Neural Engine leistet wunderbare Arbeit.»

Eine längere Pause. Schweiß glänzte auf Petrovs Stirn.

«Probleme? Nein, absolut keine. Alles läuft nach Plan.» Er zwang sich zu einem Lachen. «Du kennst mich, Andrew. Ich habe immer alles unter Kontrolle.» Wieder lauschen. «Ja, das Finale wird spektakulär. Die User werden begeistert sein.»

Nach dem Gespräch hielt er kurz inne. Dann kehrte die Härte in seine Augen zurück.

«Hört zu - morgen früh beginnt der Abbau. Alles verschwindet. Server, Kameras, jede Spur unserer Anwesenheit.» Er sah Dr. Klein an. «Die finale Episode muss mit minimalem Equipment auskommen.»

«Aber die Qualität-», begann sie.

«Denkt Euch was aus, das mit minimalem technischen Aufwand auskommt und gleichzeitig unseren Kunden das Blut in den Adern gefrieren lässt! Wir verschwinden, sobald die letzte Szene im Kasten ist.» Er trat ans Hauptterminal. «Status?»

«Zehn Minuten bis zur Live-Session», meldete der Techniker. «Alle Systeme hochgefahren. Green Screen kalibriert.»

«Boris?» Dr. Klein sprach ins Mikrofon. «Audiocheck für dein Earpiece.»

«Laut und klar», kam die gedämpfte Antwort.

«Neural Engine bei hundert Prozent», sagte der Techniker. «Virtuelle Assets geladen und renderbereit.»

«Viewer loggen sich bereits ein», sagte Dr. Klein. «Über achttausend, Tendenz stark steigend.»

«Die mittelalterlichen Requisiten sind vorbereitet», meldete Kozlov. «Boris ist in Position.»

«Fünf Minuten», sagte Dr. Klein. «Kameras eins bis vier scharf. Audio auf allen Kanälen.»

«Drei Minuten. Boris, hole das Objekt.»

Die Monitore zeigten multiple Kamerawinkel des Green-Screen-Raums. Die virtuelle Umgebung begann sich zu materialisieren - massive Steinmauern, flackernde Fackeln, antiquierte Folterinstrumente.

«Sixty Seconds», meldete der Techniker. «Viewer-Count bei über zehntausend.»

«Thirty Seconds. Boris ist unterwegs zum Objekt.»

«Ten... nine... eight...ACTION»

Die Zellentür öffnete sich mit dem vertrauten metallischen Knirschen. Leah kauerte in der Ecke, ihre Arme schützend um den geschundenen Körper geschlungen. Der Gestank von Schweiß und Angst hing in der Luft.

«Showtime, Prinzessin.» Die Stimme unter der mittelalterlichen Kapuze klang belustigt. Das grobe Gewand hätte lächerlich gewirkt, wären da nicht die professionellen Kameraleute hinter ihm.

Der vermummte Mann zerrte Leah brutal auf die Füße. Das Geräusch zerreißenden Stoffs hallte von den Wänden wider, als er ihr das dünne Kleid vom Leib riss. Minuten später schleifte er ihren nackten Körper durch die kalten Gänge, die Metallketten an ihren Handgelenken klirrten bei jedem stolpernden Schritt.

Die virtuelle Umgebung materialisierte sich auf den Monitoren - ein mittelalterlicher Folterkeller, perfekt gerendert. Virtuelle Fackeln warfen zuckende Schatten auf feuchte Steinwände. Die KI generierte weitere Opfer im Hintergrund, ihre Schreie eine albtraumhafte Symphonie.

Was folgte, war eine Stunde kalkulierter Grausamkeit. Der scharfe Geruch heißen Metalls vermischte sich mit Leahs Schreien. Die Neural Engine zeichnete jede Mikroexpression auf, speicherte jedes Detail für zukünftige Simulationen.

«Die User sind begeistert», meldete der Techniker. «Perfekte Synthese aus Reality und KI und die Kundenwünsche gut umgesetzt.»

«Close-Up auf ihr Gesicht», wies Dr. Klein an. «Die Datenbank braucht neue Expressions.»

Als Leah schließlich das Bewusstsein verlor, ordnete Dr. Klein den Fade-to-Black an. Die virtuelle Hölle löste sich auf, zurück blieb nur der grüne Raum. Und ein gebrochener Körper auf dem kalten Boden.

«Clean-up Team», befahl Kozlov geschäftsmäßig. «Erhöht die Medikamente. Sie muss für die finale Episode funktionieren.»

Die Neural Engine speicherte die letzten Daten, während das Team Leah zurück in ihre Zelle brachte. Neue Algorithmen wurden geboren aus echtem Leid. In der Dunkelheit ihrer Zelle würde sie später nicht weinen können. Die Tränen waren lange versiegt.

KAPITEL 08

MONTAG, 24. NOVEMBER

Chris' Arm lag noch immer beschützend um ihre Taille. Die Tatami-Matten waren hart, aber seine Nähe hatte ihr in der Nacht Halt gegeben.

«Guten Morgen», sagte Sam und gab ihm einen Kuss auf die Wange.

«Bereit für ein interessantes Wiedersehen mit Deinen alten Kameraden?» Sam drehte sich in seinen Armen. «vermisst du sie manchmal?»

Ein melancholisches Lächeln huschte über sein Gesicht. «Jeden Tag. Man teilt nicht jahrelang Leben und Tod, ohne dass es zur Familie wird.»

Sie hörten, wie Meister Chen im Hauptraum bereits die ersten Schüler unterrichtete. Der Geruch von frischem Kaffee drang durch die Gänge - Chen hatte an alles gedacht.

Thomas traf als Erster ein, pünktlich wie immer. Seine grauen Schläfen und die Lachfalten um seine Augen täuschten über zwanzig Jahre GSG9-Erfahrung hinweg. Als er Chris sah, breitete sich ein breites Grinsen auf seinem Gesicht aus.

«Wagner, du alter Hund!» Die beiden Männer umarmten sich herzlich. «Immer noch so dünn wie ein Besenstiel?»

«Und du immer noch zu dick fürs Fenster-Abseilen?», konterte Chris lachend.

Yilmaz, der ehemalige Scharfschütze, kam durch die Hintertür - alte Gewohnheiten starben nie. Seine ruhigen Hände hatten in Afghanistan und in Syrien unzählige Leben gerettet. Ein gesuchter Mann für spezielle Einsätze. Und er hatte auch noch andere Vorzüge. Durch seine türkischen Wurzeln wusste er immer, wo es gerade den besten Döner der Stadt gab. «Wenn das nicht unser Sunnyboy ist!», rief er und umarmte Chris.

«Erinnerst du dich noch an den Einsatz in Hamburg?», fragte Thomas, während sie Kaffee einschenkten. «Als Chris durch die falsche Tür ging und in der Badewanne landete?»

«Mit voller Ausrüstung!», lachte Yilmaz. «Das Foto hing monatelang im Briefing-Raum!»

Eric, mit 32 der Jüngste, brachte frische Croissants mit. Seine Weigerung, auf einen unbewaffneten Verdächtigen zu schießen, hatte ihm den Respekt vieler Kollegen eingebracht. «Die einzige vernünftige Bäckerei in der Gegend hat erst um sieben geöffnet», sagte er.

Amira, die Sprengstoffexpertin, kam als Letzte. Ihre Erfahrungen aus dem syrischen Bürgerkrieg hatten sie zu einer der Besten auf ihrem Gebiet gemacht. «Sorry für die Verspätung», sagte sie. «Aber wenn ich den Kaffee rieche, weiß ich wieder, warum ich gekommen bin.»

Sam beobachtete die Gruppe, während sie Kaffee tranken und alte Geschichten austauschten. Ihre Körpersprache verriet jahrelanges Training, aber ihre Augen waren warm, wenn sie sich ansahen.

Die Stimmung wurde ernst, als Chris den Projektor einschaltete. «Leider ist der Anlass heute nicht so lustig», sagte er. Die alten Kameraden spürten sofort den Wechsel in seiner Stimme.

«Die Situation ist folgende», begann er und zeigte Leahs Foto. «Leah Pasche, 28, Programmiererin. Vor einer Woche entführt. Sie war einer Organisation auf der Spur, die Live-Torture im Darknet streamt.»

Sam trat vor, ihre Stimme leise aber fest. «Achtzehn Opfer bisher. Fünf Episoden pro Person. Vergewaltigung, Folter, Tod. Leah ist Nummer neunzehn.» Sie holte tief Luft. «Episode vier lief gestern Nacht. Für Episode fünf bleiben uns 36 Stunden.»

Die kleine Gruppe wurde still. Thomas lehnte sich vor, seine Augen hart. «Zeig uns alles.»

Die nächste Stunde verbrachten sie mit der Analyse der Pläne. Der U-Bahn-Tunnel am Innsbrucker Platz wurde von allen Seiten beleuchtet. Die jahrelange Erfahrung der Spezialisten zeigte sich in präzisen Fragen und detaillierten Überlegungen.

«Die Security wird professionell sein», sagte Yilmaz nachdenklich. «Bewegungsmelder, Wärmesensoren...»

«Dafür auch ohne Regeln», sagte Thomas leise. Seine Hand fand Chris' Schulter. «Wir sind dabei, Bruder. Solche Bastarde... dafür haben wir den Job mal angefangen.»

«Der Tunnel bietet Touristenführungen an», sagte Sam. «Dreizehn Uhr heute. Amira und Yilmaz - ihr kommt als normale Besucher mit. Eric und Thomas bereiten das Equipment vor.»

«Wie in den alten Zeiten», sagte Yilmaz. Dies war mehr als nur ein weiterer Job. Dies war persönlich.

Als sie gingen, waren ihre Umarmungen fest, ihre Blicke entschlossen. Die alte Kameradschaft war sofort wieder da, als hätten die Jahre sie nie getrennt.

«Das sind nicht nur die Besten», sagte Chris leise zu Sam, als der Letzte gegangen war. «Das ist Familie.»

Sam drückte seine Hand. Zum ersten Mal seit Tagen spürte sie echte Hoffnung. «Morgen Abend», flüsterte sie. «Morgen Abend holen wir sie raus.»

Der Touristenguide war ein schmaler Mann Mitte fünfzig, der seine BVG-Uniform mit dem Stolz eines Museumskurators trug. Seine Augen leuchteten, als er vor der rostigen Eisentür am Innsbrucker Platz von der «faszinierendsten Lost Place Location Berlins» schwärmte.

Sam stand zwischen Amira und Yilmaz, während eine Gruppe Architekturstudenten begeistert fotografierte. Chris und die anderen waren im Kung-Fu-Studio geblieben, um das Equipment vorzubereiten. Amira trug eine abgewetzte Lederjacke und eine Canon-Kamera - die perfekte Touristin. Yilmaz hatte sich in einen Fotografieenthusiasten verwandelt, komplett mit Objektiv-Tasche und Stativ.

«Die Anlage wurde 1940 begonnen», erklärte der Guide, während sie die steile Treppe hinabstiegen. «Ein architektonisches Meisterwerk - selbst der Krieg konnte die Qualität der Arbeit nicht mindern.»

«Bunker sind überall gleich», murmelte Amira auf Türkisch zu Yilmaz, während ihre Kamera scheinbar zufällig klickte. «Erinnert mich an Aleppo.»

«Du warst damals die beste Sprengstoffexpertin, die ich je gesehen habe», antwortete Yilmaz leise in ihrer Muttersprache. «Ohne dich hätten wir den Nordsektor nie halten können.»

«Sehen Sie die Kabelführungen?», der Guide deutete nach oben. «Original Siemens, noch aus der Vorkriegszeit.»

«Interessant», murmelte Yilmaz und machte ein Foto. Sam bemerkte, wie sein geschulter Blick die neu installierten Sensoren erfasste, professionell getarnt als historische Installationen.

«Erinnerst du dich noch an den russischen Bunker?», flüsterte Amira, während sie weitergingen. «Den, den wir gemeinsam...»

«Wie könnte ich das vergessen?» Yilmaz' Stimme wurde weich. «Danach wurde ich in den Süden versetzt. Ich habe oft an dich gedacht, mich gefragt, ob du überlebt hast.»

Die erste große Halle war beeindruckend. Gewölbte Decken verloren sich in der Dunkelheit, alte Gleise verschwanden in schwarzen Tunneln.

«Hier sollten ursprünglich die Züge wenden», erklärte der Guide. «Aber dann kam der Krieg, und die Anlage wurde zum Luftschutzbunker umfunktioniert.»

Amiras Hand berührte kurz Sams Ellbogen - das vereinbarte Signal. Sie hatte etwas entdeckt. Ihre Kamera klickte, scheinbar auf historische Details gerichtet, aber Sam wusste, dass sie die versteckten Überwachungskameras dokumentierte.

«Die Russen haben damals...», begann Yilmaz bitter, aber Amira unterbrach ihn sanft.

«Nicht DIE Russen, mein Freund. Es sind immer nur einzelne Menschen. Auch nicht DIE Iraner - nicht das Volk war unser Feind, sondern die, die Macht missbrauchten.»

«Du hast Recht», seufzte Yilmaz. «Die meisten wollen einfach nur in Frieden leben.»

«Darf man auch in die Nebentunnel?», fragte ein Student.

«Leider nein», der Guide schüttelte bedauernd den Kopf. «Zu gefährlich. Einsturzgefahr.»

Yilmaz' Augenbraue hob sich kaum merklich. Die Schlösser an den Gittertüren waren neu, professionell installiert. Keine Spuren von Rost. Seine Jahre als Scharfschütze hatten ihn gelehrt, auf solche Details zu achten.

Sie erreichten eine weitere Halle. Alte Wartungsbereiche zweigten ab, verschlossen hinter schweren Gittern. Der Guide erzählte begeistert von der technischen Ausstattung der vierziger Jahre.

«Diese Gitter», murmelte Amira auf Türkisch, während sie scheinbar die historische Architektur fotografierte. «Neu installiert. Professionelle Arbeit.»

«Wie damals in Idlib», antwortete Yilmaz. «Als du die versteckten Zugänge gefunden hast.» Seine Stimme wurde weicher. «Nach deiner Flucht habe ich gehört, du hättest es nach Deutschland geschafft.»

«Über die Balkanroute», flüsterte sie. «Drei Monate. Dann Deutschland, Spezialaufgaben. Manchmal denke ich, das Schicksal hat einen seltsamen Humor.»

Sam spürte, wie Amira sich neben ihr anspannte. Ihre Kamera war auf eine scheinbar harmlose Ecke gerichtet. Frische Schleifspuren am Boden, teilweise mit Staub getarnt. Schwere Ausrüstung war hier bewegt worden.

«Erstaunlich gut erhalten», sagte Yilmaz laut und deutete auf eine Schalttafel. Seine Hand machte eine kaum merkliche Geste - drei Fluchtwege, alle mit moderner Technik gesichert. Der ehemalige Scharfschütze hatte nichts von seiner taktischen Präzision verloren.

«Wie viele Tunnel haben wir damals gesprengt?», fragte er leise auf Türkisch.

«Zu viele», antwortete Amira. «Aber dieser hier - dieser ist anders. Hier geht es nicht um Krieg. Hier geht es um Profit. Um Macht über Schwächere.»

Der Rest der Tour verlief wie in Zeitlupe. Jeder Schritt, jeder Winkel wurde analysiert und mental kartographiert. Die Architekturstudenten machten begeistert Fotos von historischen Details, während die beiden Veteranen jeden Zentimeter auf taktische Bedeutung prüften.

Zwei Stunden später saßen sie wieder im Meditationsraum des Kung-Fu-Studios. Die Fotos wurden auf die Wand projiziert, während Amira ihre Erkenntnisse zusammenfasste.

«Drei aktive Bereiche», sagte sie und markierte Punkte auf dem Plan. «Hier der Hauptproduktionsbereich - etwa hundert Quadratmeter, professionell ausgestattet. Zwei Nebenbereiche für Technik und Support.»

«Die Überwachung ist hochprofessionell», ergänzte Yilmaz. «Getarnte Kameras hier, hier und hier. Bewegungssensoren neuester Generation. Und diese Schleifspuren...» Er deutete auf ein Foto. «Schweres Equipment. Regelmäßig bewegt.»

«Das erinnert mich an die russischen Bunkeranlagen in Syrien», sagte Amira nachdenklich. «Die gleiche Präzision. Die gleiche klinische Effizienz.»

«Fluchtwege?», fragte Chris.

«Drei», sagte Amira. «Aber nur einer ist praktikabel für schnellen Transport. Die anderen sind zu eng für größere Ausrüstung.» Ihre Erfahrung mit Tunnelsystemen in Aleppo machte sich bezahlt.

Sie projizierte einen weiteren Plan. «Der Hauptzugang ist hier. Zwei Mann Wache, wenn die Touristen weg sind. Der zweite Zugang führt durch diesen Wartungstunnel - perfekt für eine zweite Einheit.»

«Und der dritte?», fragte Peter.

«Führt in die alten Luftschutzbunker. Zu riskant - viele Möglichkeiten für Hinterhalte. In Syrien haben wir gelernt, dass verzweigte Tunnelsysteme tödliche Fallen sein können.»

Die nächste Stunde verbrachten sie damit, jeden Aspekt zu analysieren. Angriffswege wurden diskutiert, Alternativen abgewogen, Notfallpläne entwickelt. Amiras Expertise im Umgang mit Sprengstoffen und Yilmaz' taktisches Geschick ergänzten sich perfekt.

«Das Timing wird entscheidend sein», sagte Chris schließlich. «Wenn die Session morgen um einundzwanzig Uhr beginnt, müssen wir vorher zuschlagen. Sie werden dann alle vor Ort sein.»

«Zwanzig Uhr dreißig», nickte Amira. «Die äußere Security wird minimal sein - sie erwarten keine Besucher zu der Zeit.»

«Was ist mit der U-Bahn?», fragte Eric.

«Letzte reguläre Kontrolle um neunzehn Uhr», sagte Chris. «Danach haben wir freie Bahn.»

Sam beobachtete die beiden Veteranen, während sie die Details durchgingen. Die lockere Kameradschaft vom Morgen war einer konzentrierten Professionalität gewichen. Dies waren keine Flüchtlinge mehr, sondern hochtrainierte Spezialisten.

«Eine Frage noch», sagte Thomas. «Was ist mit Leah? In welchem Zustand werden wir sie finden?»

Die Stille im Raum war plötzlich schwer.

«Nach vier Episoden...», Sams Stimme brach fast. «Sie wird traumatisiert sein. Vermutlich unter Drogen.»

Chris' Hand fand ihre. «Wir holen sie da raus», sagte er fest. «Egal in welchem Zustand.»

Amira und Yilmaz tauschten einen Blick. Sie hatten zu viele Opfer gesehen, zu viel Leid. Dies war mehr als nur eine Mission. Dies war eine Chance, etwas von dem gutzumachen, was sie in ihrer Heimat nicht hatten verhindern können.

«Ruht euch aus», sagte Chris schließlich. «Morgen um zehn Uhr treffen wir uns hier und gehen nochmal alles durch. Dann geht's los.»

Als sie gingen, waren ihre Handschläge fest, ihre Blicke entschlossen. In weniger als vierundzwanzig Stunden würden sie in die Hölle hinabsteigen.

«Sie sind bereit», sagte Chris leise zu Sam, als der Letzte gegangen war.

Sam nickte. Morgen würde sich alles entscheiden. Sie betete nur, dass sie nicht zu spät kamen.

~❖~

Wie immer trafen sich Dr. Klein und Kozlov abends zur Vorbesprechung in den Räumen des Export-Import-GmbH.

«Bei fast komplett abgebautem Equipment bleibt uns nur eine reine Video-Produktion», sagte Dr. Klein. «Viele Kameras, ein Schneidetisch. Die Daten können wir dann später der Neural Engine füttern.»

Kozlov zündete sich nachdenklich eine Zigarette an. «Klassische Morde hatten wir schon, vieles durch VR aufgehübscht. Vielleicht...» Er machte eine kunstvolle Pause. «...ein simulierter Selbstmord? Oder noch besser - ein U-Bahn-Crash.» Seine Augen leuchteten auf. «Wir bauen sie im Gleis auf - wie Jesus - und Bang!»

Petrov betrat den Raum, seine Schritte hallten metallisch. «Welche Ideen habt ihr für die letzte Session? Ich möchte über Nacht so viel wie möglich abbauen lassen. Ohne dass die Qualität leidet.» Er fixierte erst Dr. Klein, dann Kozlov. «Wir ziehen den Zeitplan vor. Session 3.0 läuft morgen bereits um 13 Uhr. Mir wird das zu heiß.»

«Es wird ein U-Bahn-Crash», erklärte Kozlov. «Die User können sich selbst die Kameraposition auswählen. Erste Sequenz Live und dann unmittelbar die Möglichkeit des Replay in Ultra Slow Motion. Später auf der Plattform wird nur eine Version abrufbar sein. Das macht eben den Unterschied zwischen Live-Performance und Konserve aus.»

Dr. Klein nickte. «Ich informiere die User über die Zeitverschiebung.»

«Verschlüsselte Nachricht an alle Premium-Accounts.» Dr. Klein öffnete die Kommunikationskanäle. «'Aufgrund besonderer Umstände - finale Session morgen 13 Uhr. Einmalige Gelegenheit. Echter

Crash. Keine Simulationen.'» Sie lächelte dünn. «Die Quoten werden explodieren.»

«Wir treffen uns morgen um 9:00 Uhr im Kontrollraum», sagte Kozlov. «Das wird genügen um alle Kameras, Licht, LED Panels aufzubauen. Boris bringt sie um 12:30 Uhr. Position direkt an der Weiche zur Hauptstrecke. Von dort haben wir perfekten Blickwinkel auf den herannahenden Zug.»

«Zwölf Hochgeschwindigkeitskameras», erläuterte Dr. Klein und zeigte die Positionen auf den Schaltplänen. «Jeder Winkel wird abgedeckt. Die Kameras werden jedes Detail des Aufpralls erfassen.»

Sie aktivierte die Simulation. «Die Wegleitung zeigt den Zug schon ab 13 Uhr. Zehn Minuten verschiedene Schnitte. Die User sehen ihn kommen, Meter für Meter. Dazwischen immer wieder Live-Shots von ihren Reaktionen. Sofern der Zug pünktlich ist, wird er 13:14 Uhr aufschlagen. Das gibt uns 14 Minuten Atmosphäre bis zum Crash und dann haben die User weitere 30 Minuten Zeit, um sich alles in Slow Motion und aus allen Blickwinkeln anzuschauen.»

«Und sie wird ihn auch kommen sehen?», fragte Petrov.

«Große LED-Wand direkt vor ihr», bestätigte Dr. Klein. «Kameras im Tunnel werden auf der LED-Wand die Annäherung zeigen. Das steigert die Emotionen und die Angst beim Opfer ins Unermessliche und gibt gute Bilder.»

«Das wird ‚ne ganz schöne Sauerei», murmelte Kozlov.

«Ja. Und in der Panik räumen wir das letzte Equipment aus dem Kontrollraum. Die Kameras und den ganzen Rest lassen wir dort.»

«Die Daten sind das Wichtigste», betonte Dr. Klein. «Ein perfekt dokumentierter Crash. Die Neural Engine wird monatelang daran lernen können.»

«Die nächste Operation läuft dann von einem anderen Standort», bestätigte Petrov. «Die Vorbereitungen laufen bereits.»

Die Monitore zeigten die finale Simulation. Der rote Punkt des Zuges, der sich unaufhaltsam näherte. Die verschiedenen Kamerawinkel. Die Position des Objekts.

«Wird wieder mal ne spektakuläre Show», murmelte Kozlov.

KAPITEL 09
DIENSTAG, 25. NOVEMBER

7:30 Uhr. Draußen hing noch der letzte Rest der Nacht über Berlin, als Sam die Augen öffnete. Neben ihr spürte sie Chris' ruhige Atemzüge, sein Arm warm und beschützend um ihre Mitte gelegt. Die Härte der Tatami-Matten hatte sie kaum gespürt - sie fühlte sich geborgen und beschützt in seiner Gegenwart.

«Heute ist es soweit», sagte Chris, nachdem er sie mit einem Kuss geweckt hatte.

Sam lächelte ihn an und betrachtete sein Gesicht im diffusen Morgenlicht. Die feinen Linien um seine Augen zeigten die Anspannung der letzten Tage, aber sein Blick war klar und fokussiert.

«Angst?», fragte sie leise.

Ein schwaches Lächeln huschte über sein Gesicht. «Nicht um mich.» Seine Hand strich sanft über ihre Wange.

Aus dem Hauptraum drangen gedämpfte Geräusche - Meister Chen begann seinen Tag wie immer mit der ersten Form. Der vertraute Rhythmus seiner Bewegungen, das sanfte Gleiten seiner Füße über den Boden - es hatte etwas Zeitloses, als würde die Welt draußen stillstehen.

«Dein Team wird pünktlich sein?», fragte Sam, während sie sich widerwillig aus Chris' Umarmung löste.

«Thomas ist wahrscheinlich schon seit einer Stunde wach und poliert zum dritten Mal seine Ausrüstung.» Chris setzte sich auf, seine Bewegungen kontrolliert trotz der harten Matte.

«Das Team ist gut. Der Plan ist solide. Wir holen sie da raus.»

9:07 Uhr. Der Kontrollraum summte vor Aktivität, als Dr. Klein die letzten Systeme hochfuhr. Die Monitore warfen ihr kaltes Licht auf die Betonwände, während Yuri und der Techniker hastig Kabel verlegten und Equipment checkten.

«Die Position ist perfekt», sagte Kozlov und deutete auf den Hauptmonitor. «Die Weiche zur Hauptstrecke gibt uns genau den Winkel, den wir brauchen.» Er zog an seiner Zigarette, der Rauch kräuselte sich im blauen Licht der Displays. «Die Züge kommen im dreißig-Minuten-Takt - 12:14 Uhr, 12:44 Uhr, 13:14 Uhr.»

Dr. Klein scrollte durch die technischen Spezifikationen. «Die Hochgeschwindigkeitskameras sind bereits kalibriert. Zwölf Stück, Position und Ausrichtung ist genau festgelegt. Jeder Winkel wird abgedeckt.» Sie aktivierte eine 3D-Simulation. «Mit dieser Aufstellung erfassen wir jedes Detail.»

Boris und Marek standen am Eingang, ihre massigen Gestalten warfen lange Schatten. «Die Wandnische neben der Weiche ist ideal», sagte Boris. «Das Kreuz können wir dort perfekt vorbereiten.»

«Die LED-Wand direkt gegenüber», ergänzte Dr. Klein. «Sie muss den Zug kommen sehen. Das gibt uns die besten Emotionen für die Neural Engine.»

Die Tür öffnete sich, Petrov trat ein. Seine Augen scannten die Monitore. «Status?»

«Boris beginnt jetzt mit der Installation», berichtete Kozlov. «Scheinwerfer, Kameras, alles wird bis Mittag fertig sein.» Er projizierte den Zeitplan an die Wand. «Um zwölf holt Boris sie aus der Zelle. Der 12:14 Uhr Zug dient als Generalprobe. Danach fixieren wir das Kreuz an der exakten Position.»

«Die User sind informiert?», fragte Petrov scharf.

Dr. Klein nickte. «Premium-Benachrichtigung ist raus. Die Quoten werden explodieren - ein echter Crash, keine Simulation.»

«Und die Datenübertragung?»

«Wir übertragen nur das Video-Signal und ermöglichen Slow Motion und verschiedene Kamerawinkel direkt aus der Cloud.» Dr. Kleins Augen leuchteten. «Diesmal ohne Animation und ohne Schnitt. Deshalb konnten wir bereits heute Nacht mit dem Abbau der nicht benötigen Hardware beginnen. – und die KI füttern wir im Nachgang mit den Daten.»

Petrov trat näher an die Monitore. «Nach der Show - wie schnell können wir räumen?»

«Dreißig Minuten», sagte Kozlov. «Die wichtigste Hardware ist bereits verpackt. Nach dem Crash lassen wir nur die Basis-Ausrüstung zurück.»

«Die Daten sind das Wertvollste», betonte Dr. Klein. «Ein perfekt dokumentierter Aufprall in Ultra-Zeitlupe. Die KI wird monatelang daran lernen.»

Boris und Marek verließen den Raum, gefolgt von Yuri und dem Techniker. Das Echo ihrer Schritte verhallte in den Tunneln.

«Ein letztes Mal», murmelte Kozlov und drückte seine Zigarette aus. «Das große Finale.»

Die Monitore zeigten die leere Weiche, wartend in der Dunkelheit. In weniger als vier Stunden würde sich hier das letzte Kapitel abspielen. Die User zahlten gut für ihren Platz in der ersten Reihe.

Die finale Show konnte beginnen.

10:08 Uhr. Thomas traf wie immer als Erster ein, seine taktische Ausrüstung perfekt verstaut in einem unscheinbaren Sportrack. Keine zehn Minuten später kamen Yilmaz und Amira, und schließlich Eric.

«Die wichtigste Komponente», sagte Thomas und zog einen mattschwarzen Kasten aus seiner Tasche. «Modernster Störsender, blockt alles von Handy bis verschlüsseltem Digitalfunk. Sobald wir den aktivieren, sind sie taub und blind.»

Chris nickte anerkennend. «Reichweite?»

«Hundert Meter in alle Richtungen. Mehr als genug für die Tunnelanlage.» Thomas grinste. «Ein Geschenk von alten Freunden beim BND.»

Sie breiteten die taktische Ausrüstung auf den Tatami-Matten aus - schallgedämpfte MP7, Nachtsichtgeräte der neuesten Generation, Kevlar-Westen. Jedes Teil wurde methodisch überprüft.

«Status von Eric?», fragte Sam, während sie die Aufnahmen der Überwachungskameras auf ihrem Laptop studierte.

«Ist bereits am Stromverteiler», berichtete Amira. «Sobald wir zuschlagen, kappt er die Hauptversorgung. Die Notbeleuchtung gibt uns genug Licht für die Nachtsichtgeräte.»

Yilmaz breitete den aktualisierten Lageplan aus. «Drei Teams. Chris und Sam nehmen den Hauptzugang hier.» Er deutete auf den Plan. «Thomas und ich kommen über den Wartungstunnel von der Seite. Amira und Eric sichern den Fluchtweg durch die alten Luftschutzbunker.»

«Timing ist alles», sagte Chris. «Die Show beginnt um 21:00 Uhr. Wir schlagen um 20:45 Uhr zu. Dann sind alle vor Ort und auf ihre Positionen fixiert.»

«Perfekt», nickte Thomas. «Eric kappt den Strom, der Störsender geht an. Dann bleiben uns etwa drei Minuten, bis die ersten Backup-Systeme hochfahren.»

Sam beobachtete die Männer, während sie die Details durchgingen. Ihre Bewegungen waren präzise, ihre Stimmen ruhig. Jahre des Trainings hatten sie zu einer perfekt funktionierenden Einheit gemacht.

«Ausrüstungscheck», kommandierte Thomas. Die nächste Stunde verbrachten sie damit, jedes einzelne Teil zu überprüfen.

Ersatzmagazine wurden gezählt, Funkgeräte getestet, Erste-Hilfe-Sets kontrolliert.

«Was ist mit Weber?», fragte Yilmaz, während er seinen Patronengurt überprüfte.

«Weiß von nichts», sagte Chris. «Offiziell läuft alles über Europol. Aber ein anonymer Tipp über eine geplante Aktion um 21:00 Uhr wird ihn und seine Leute in Bereitschaft versetzen.»

Meister Chen brachte schweigend Tee. Seine Augen ruhten kurz auf den Waffen, dann nickte er kaum merklich. Ein Mann, der verstand, dass manchmal Gewalt notwendig war, um Schlimmeres zu verhindern.

«Noch zehn Stunden», sagte Sam leise. Die Anspannung war greifbar im Raum.

«Zehn Stunden», wiederholte Chris. «Genug Zeit für einen letzten Durchgang. Thomas, nimm nochmal den Hauptzugang durch.»

Sie ahnten nicht, dass die Nachricht über die vorgezogene Show bereits verschickt war. Der Countdown lief bereits – schneller als sie ahnten.

10:45 Uhr. Die kalte Luft im Tunnel war erfüllt vom Surren der Bohrmaschinen und dem metallischen Klirren von Werkzeug. Boris, Marek und Yuri arbeiteten schweigend.

«Zug in zwei Minuten!», hallte die Warnung durch den Tunnel. Die Männer zogen sich routiniert in die Sicherheitsnischen zurück. Das Grollen des herannahenden Zuges schwoll an, wurde zu einem ohrenbetäubenden Dröhnen, als die Bahn vorbeirauschte. Sekundenlang wurde der Tunnel in flackerndes Licht getaucht, dann verschluckte die Dunkelheit wieder alles.

Dr. Klein stand vor der Wandnische, ihr Tablet zeigte sämtliche Markierungen. «Das Kreuz muss exakt hier stehen», wies sie Yuri an. «Der Aufprallwinkel wurde auf den Zentimeter berechnet.»

Das Kreuz selbst war ein Meisterwerk makabrer Ingenieurskunst - mattschwarzer Stahl, verstärkte Fixierungspunkte, perfekt ausbalanciert. Wo normalerweise I.N.R.I. stehen würde, prangte das stilisierte Logo von S.T.Y.X.

«Scheinwerfer drei Grad nach links», ordnete Dr. Klein an, während sie die Testbilder auf ihrem Display checkte. «Die Schatten müssen dramatischer sein.»

Das große LED-Display wurde gegenüber installiert. Es würde Leah jeden Moment des herannahenden Zuges zeigen. Yuri und der Techniker verlegten hunderte Meter Kabel, alle sorgfältig getarnt in den historischen Kabelschächten.

«Achtung, nächster Zug!», wieder zogen sich alle zurück. Das rhythmische Donnern der Räder erfüllte den Tunnel, ließ den Boden vibrieren.

«Die Akustik ist perfekt», murmelte Dr. Klein, als die Bahn verschwunden war. «Die Mikrofone werden jeden Ton einfangen.»

Gegen elf Uhr dreißig war alles installiert. Die Scheinwerfer warfen dramatische Schatten an die feuchten Wände, die Kameras waren genau ausgerichtet. Das Kreuz wartete in seiner Nische auf seinen letzten Auftritt.

Im Kontrollraum überprüften Dr. Klein und Kozlov die finalen Tests. Jede Kamera lieferte gestochen scharfe Bilder, die Beleuchtung war perfekt austariert.

«Die Zeitlupensequenzen werden spektakulär», sagte Kozlov, während er durch die verschiedenen Kamerawinkel schaltete. «Jedes Detail in Ultra HD.»

Dr. Klein nickte zufrieden. «Die Neural Engine wird diese Daten lieben.» Sie aktivierte das LED-Display, projizierte einen Testzug. Die massive Lokomotive schien direkt aus der Wand zu brechen. «Das wird ihre letzten Momente unvergesslich machen.»

Der Tunnel wartete in gespenstischer Stille. In weniger als zwei Stunden würde hier Geschichte geschrieben werden - brutal, tödlich und in perfekter Auflösung.

11:30 Uhr. Sam zwang sich, einen Bissen von ihrem Croissant zu nehmen. Ihr Magen rebellierte, aber sie wusste, dass sie die Energie brauchen würde. Die Männer waren mitten im Ausrüstungscheck, als ihr Telefon klingelte.

«Chen-Miller.»

«Bon jour, da bin ich wohl falsch verbunden. Ich wollte Frau Miller sprechen.»

Sam zögerte kurz, erkannte dann die Stimme.: «...Veronique?»

«Oui. Ich muss dringend mit Frau Miller von der Polizei sprechen.» Veroniques Stimme klang angespannt, fast panisch.

«Sie sind richtig verbunden», sagte Sam vorsichtig. «Was gibt es?»

Eine kurze Pause folgte. «Ich wollte eigentlich Kommissar Weber sprechen, aber er geht nicht ans Telefon. Ihre Nummer lag noch auf meinem Schreibtisch.» Veroniques Stimme zitterte. «Mon Dieu, ich weiß nicht, wo ich anfangen soll.»

«Sind Sie in Ordnung, Veronique?» fragte Sam, überrascht vom Tonfall der sonst so beherrschten Geschäftsfrau.

«Non, nichts ist in Ordnung.» Ein unterdrücktes Schluchzen kam durch die Leitung. «Ich kann nicht mehr schlafen. Kann nicht mehr essen. Die Bilder... sie verfolgen mich. Diese Mädchen. Ihre Gesichter.» Sie atmete zitternd ein. «Ich brauche Schutz. Wenn Petrov erfährt, dass ich mit Ihnen spreche...»

«Wir können Ihnen helfen,» sagte Sam vorsichtig. «Aber ich muss wissen, worum es genau geht.»

«Alles begann so... harmlos. Ein exklusiver Service für diskrete Kunden. Das war die Idee.» Ihre Stimme wurde bitter. «Puis, dann kamen Petrovs ‚spezielle Importe‘ - junge Frauen aus Osteuropa, mit großen Träumen und gefälschten Papieren. Wenn sie Probleme machten, verschwanden sie einfach.»

Sie schluchzte leise. «Ich sagte mir, ich wüsste nichts davon. Dass das nicht meine Verantwortung sei. Aber dann...» Ihre Stimme brach. «Dann entdeckte ich, was mit den ‚unbequemen‘ Mädchen wirklich passiert. Diese... Shows. Diese Monster, die dafür bezahlen.»

«Heute Morgen kam Petrov persönlich zu mir. Er war nervös – das ist er nie. Er ordnete an, alle Verbindungen zu Leah sofort zu vernichten. Alle Aufzeichnungen, alle Gespräche. Die finale Show wurde auf 13 Uhr vorverlegt. Danach würden sie den Standort wechseln.» Ihre Stimme sank zu einem verzweifelten Flüstern. «Ich kann nicht mehr wegschauen. Nicht nach allem, was ich gesehen habe. Ich kann einfach nicht mehr.»

Sam wurde blass. «13 Uhr? Das ist bereits in 90 Minuten.»

«Bitte finden Sie Weber. Er muss mir helfen. Ich werde alles aussagen, aber ich brauche Schutz. Diese Leute... sie sind zu allem fähig.»

«Versuchen Sie weiter, Kommissar Weber zu erreichen. Ich melde mich später,» rief Sam ins Telefon und sprang auf. Das Croissant fiel unbeachtet zu Boden. «Chris! Alle sofort zusammenrufen! Die Show wurde vorverlegt - 13 Uhr!»

Die Reaktion war unmittelbar. Thomas griff nach seiner Ausrüstung, Yilmaz rollte bereits die taktischen Pläne zusammen. Die jahrelange Erfahrung der Männer zeigte sich in der ruhigen Effizienz ihrer Bewegungen.

«Eric ist bereits vor Ort», sagte Chris, während er hastig in seine taktische Weste schlüpfte. «Amira, ruf ihn an. Er soll den Stromverteiler vorbereiten, aber noch nichts unternehmen.»

Sie fuhren in zwei unauffälligen Transportern durch das mittagliche Berlin. Die Stadt zeigte ihr alltägliches Gesicht - Pendler an Bushaltestellen, Schulkinder mit schweren Rucksäcken, Touristen vor dem KaDeWe. Sam beobachtete durch die getönten Scheiben diese normale Welt, die keine Ahnung hatte von dem, was unter ihren Füßen geschah.

Der erste Wagen bog in die Innsbrucker Straße ein. Herbstlaub wirbelte über den Asphalt, ein typischer Berliner Novembertag. Die U-Bahn-Station lag verschlafen in der Morgensonne. Ein paar Studenten eilten die Treppen hinunter, auf dem Weg zu Vorlesungen an der FU.

Sie parkten in einer Seitenstraße, getarnt als Baufahrzeuge einer fiktiven Wartungsfirma. Das Anlegen der Ausrüstung erfolgte schweigend, jeder konzentriert auf seine Aufgabe. Sam spürte, wie die

Kevlar-Weste sich um ihren Oberkörper schloss - ein seltsam beruhigendes Gefühl von Schutz.

Chris überprüfte ein letztes Mal ihre Ausrüstung. Seine Finger streiften kurz ihre Schulter, als er das Headset justierte. «Denk dran - bleib immer in Deckung. Keine Alleingänge.»

Sam nickte. Der Störsender lag schwer in ihrer Tasche - ihre wichtigste Waffe gegen die technische Überlegenheit ihrer Gegner.

«Eine Stunde», murmelte Thomas und checkte seine Uhr. «Wir müssen in Position sein, bevor sie Leah bringen.»

Sie nickten sich zu. Die Zeit der Planung war vorbei. Jetzt zählte nur noch die Ausführung.

Chris' Hand fand kurz die ihre, ein letzter Moment der Verbindung, bevor die professionelle Routine endgültig übernahm. Dann verschwanden sie in der Dunkelheit des Tunnels, wo Leahs Schicksal auf sie wartete.

12:04 Uhr. Die Schritte von Boris und Marek hallten durch den Tunnel, während sie Leah zwischen sich her schleppten. Ihr Kopf hing kraftlos nach vorn, die Drogen machten ihre Bewegungen schwerfällig und unkoordiniert. Ihr zerrissenes Kleid war feucht vom Schweiß der Angst.

Ein massiver gusseiserner Wartungsdeckel lag neben den Gleisen - sie hatten ihn vor einer Stunde geöffnet, um an die alten Stromleitungen zu kommen. Die schwere Klappe, fast einen Meter im Durchmesser, war zu sperrig um sie wieder einzusetzen. Sie lehnten sie provisorisch an die Tunnelwand.

«Zug in zwei Minuten!», hallte die Warnung durch den Tunnel. Sie zogen sich in die vorbereitete Nische zurück. Leahs Bewusstsein flakkerte wie die Notbeleuchtung über ihnen - Momente der Klarheit vermischten sich mit dunklen Abgründen der Benommenheit.

Das Grollen des herannahenden Zuges schwoll an. Der Luftdruck veränderte sich, Leahs Haar wehte im künstlichen Wind. Dann kam der 12:14 Uhr Zug - ein brüllender Stahlkoloss, der den Tunnel in stroboskopartiges Licht tauchte. Die Vibrationen drangen durch ihren geschundenen Körper, während Fragmente ihres Verstandes versuchten, die Situation zu begreifen.

Als der Zug verschwunden war, zerrten sie sie zum vorbereiteten Kreuz. Die kalte Metallstrebe presste sich gegen ihren Rücken. Mit groben Ketten fixierten die Männer ihre Arme und Beine. Das Metall schnitt in ihre Haut - die Zeit für Rücksichtnahme war vorbei.

Die Drogen in ihrem Körper begannen langsam nachzulassen. Wie durch einen dichten Nebel nahm sie die grellen Scheinwerfer wahr, die sie in unbarmherziges Licht tauchten. Das große LED-Display ihr gegenüber flackerte mit Testbildern. Die provisorischen Stromkabel, die aus der geöffneten Wartungsklappe führten, versorgten das technische Equipment.

«Bewusstsein setzt ein», meldete Boris über Funk. «Pupillenreaktion normalisiert sich.»

Leahs Blick wurde klarer. Die technische Präzision der Vorbereitungen um sie herum begann sich in ihrem Verstand zu einem grausamen Bild zusammenzufügen. Kameras, überall Kameras. Professionelle Beleuchtung. Eine perfekt choreographierte Inszenierung.

Über ihr prangte das Logo von S.T.Y.X. - ein stilisiertes Symbol in mattschwarzem Stahl. Die Erkenntnis traf sie wie ein physischer

Schlag: Sie würde nicht nur sterben. Ihr Tod würde eine Performance sein. Ein Stream für zahlende Zuschauer.

«Vitalwerte stabil», kam Dr. Kleins Stimme aus dem Kontrollraum. «Das Adrenalin neutralisiert die Restdrogen schneller als erwartet.»

Leahs Bewusstsein wurde mit jeder Minute schärfer. Der metallische Geschmack in ihrem Mund, der beißende Schweiß auf ihrer Haut, das leise Surren der Kameras - alles wurde überdeutlich. Die Ketten schnitten tiefer in ihr Fleisch, als sie instinktiv gegen ihre Fesseln kämpfte.

«Dreißig Minuten bis zum nächsten Zug», meldete jemand.

Eine einzelne Träne lief über ihre Wange, glitzerte im Scheinwerferlicht. Die Kameras fingen sie ein, speicherten sie für die Ewigkeit. Ihr Tod würde ein Meisterwerk der Inszenierung werden.

12:30 Uhr. Der Abstieg erfolgte über eine Stahltreppe zum Haupteingang. Sam atmete den charakteristischen Geruch des Berliner Untergrunds ein - feuchter Beton, altes Metall und die staubige Geschichte einer hundertjährigen Stadt. Heute Nachmittag strömen hier wieder Touristen durch, jetzt lag der Eingangsbereich verlassen vor ihnen.

Zeitgleich öffnete sich auf der anderen Seite des Komplexes lautlos eine schwere Metalltür zu einem versteckten Wartungsschacht - Thomas hatte die Scharniere am Vortag geölt. Er und Yilmaz stand nach wenigen Stufen auf gleicher Ebene wie Sam und Chris.

Amira erreichte Eric tiefer im Gewirr der unterirdischen Gänge. Er saß vor dem Schaltschrank der zentralen Stromversorgung und wartete auf sie. Kaum hatte sie ihn erreicht, begann der Countdown.

«Stromabschaltung in drei... zwei... eins», kam Erics Stimme über Funk. Für einen Moment herrschte absolute Finsternis, dann sprangen die Notaggregate an. Sam aktivierte den Störsender. Im schwachen Notlicht aktivierten alle Teams ihre Nachtsichtgeräte.

«Position eins», flüsterte Thomas ins Headset. «Team 2 ist drin. Zwei Wachen am inneren Haupteingang.»

Sams Nerven waren durch Jahre des Wing Chun-Trainings gestählt, aber dies war anders als jeder Kampf zuvor. Sie und Chris bewegten sich vorsichtig durch den Haupteingang, während Thomas und Yilmaz von der Wartungsseite kamen.

Der erste Kontakt kam schneller als erwartet. «Osteuropäisch», flüsterte Chris ins Headset. «Professionelles Training. Einer trägt eine MP5, der andere eine schallgedämpfte Pistole.»

Die Wachen hatten keine Chance gegen die koordinierten Teams. Sam registrierte die ungeheure Effizienz, mit der Thomas und Yilmaz die Situation kontrollierten - zwei gedämpfte Schüsse, zwei dumpfe Aufschläge.

Währenddessen hatte sich Eric und Amira durch die Luftschutzbunker zu den Zellen vorgearbeitet. «Leah ist in keiner der Zellen», sagte Eric über Funk. «Alle leer.»

«Weiträumig durchsuchen», befahl Chris. «Jeden verdammten Winkel.»

Die Teams bewegten sich tiefer in den Komplex. Sam bewegte sich wie ein Schatten hinter Chris, während Thomas und Yilmaz die Formation führten. Das grüne Licht ihrer Nachtsichtgeräte enthüllte endlose Tunnel und tropfendes Wasser.

Der Kontrollraum lag hinter einer schweren Stahltür. Gedämpfte Stimmen drangen nach außen - Dr. Klein dirigierte ihre makabre Show.

«Drei Targets», meldete Chris, der durch den schmalen Spalt der Tür spähte. «Eine Frau am Hauptterminal, ein Techniker am Monitor und einer hinten an der Wand.»

Sam nickte. Dies war ihr Part - die technische Expertise. «Sobald wir drin sind, muss ich an die Server. Zehn Sekunden, um die Übertragung zu stoppen.»

Die Tür flog auf. Chris' MP5 bellte zweimal - Dr. Klein wurde regelrecht aus ihrem Sessel gerissen. Thomas und Yilmaz, die von der Seite Deckung gaben, eliminierten mit präzisen Schüssen den Techniker und seinen Kollegen. In der plötzlichen Stille roch es nach Kordit und heißem Metall.

Ein einzelner Schuss hallte durch die Tunnel. Sekunden später kam Erics Stimme über Funk: «Kontakt im Nebengang, zweite Ebene! Amira hat ihn erwischt!»

Thomas, Chris und Yilmaz eilten dorthin. Sie fanden Kozlov in einem engen Wartungsraum, von Amiras Schuss in die Seite getroffen. Blut sickerte zwischen seinen Fingern hervor. Thomas packte ihn am Kragen, riss ihn hoch.

«Wo ist sie?», knurrte er. «Wo ist Leah?»

Kozlov lachte nur, ein grausames, gurgelndes Geräusch. «Du kommst zu spät, Soldat. Viel zu spät.»

«Du verdammtes Schwein!» Thomas' Faust traf Kozlovs Gesicht. Einmal. Zweimal. Aber der Russe lachte nur weiter, bis ein letztes Röcheln seine Kehle verließ und sein Körper erschlaffte.

Sam hechtete zum Hauptterminal, ihre Finger flogen über die Tastatur. Codes und Protokolle, die ihr vertraut waren wie eine zweite Sprache. Die Streams brachen ab, einer nach dem anderen.

Ein Schatten bewegte sich hinter ihr. Sam wirbelte herum, ihre Wing Chun-Reflexe übernahmen. Petrovs Faust verfehlte sie um Millimeter. Sie nutzte seinen Schwung, wie sie es tausendmal trainiert hatte. Ihr Ellbogen traf seinen Solarplexus, eine Handkante seinen Nacken. Er ging zu Boden wie ein gefällter Baum.

«Server gesichert», meldete sie, während Eric ihr half, Petrovs bewusstlosen Körper zu fesseln. «Streams sind offline.»

Die Monitore zeigten noch Dutzende von Kamerafeeds, alle in höchster Auflösung. Und dann sah sie es. Ihr Herz setzte einen Schlag aus.

«Alle Teams!», ihre Stimme zitterte. «Ich hab sie gefunden.»

Die Bilder zeigten einen perfekt ausgeleuchteten Bereich der Hauptstrecke. Hochgeschwindigkeitskameras, professionelle LED-Panels. Und dort, direkt an den Schienen: Leah. Sie war aufrecht an ein massives Metallkreuz gefesselt, die Arme weit ausgestreckt, die Füße fixiert, nackt. Schwere Ketten hielten sie unerbittlich fest. Das Kreuz war so positioniert, dass sie direkt auf die Schienen vor ihr blicken musste - ein perfekt inszenierter Albtraum. Die professionelle Beleuchtung ließ keinen Zweifel daran, dass dies als perverse Show geplant war. Ihre blonde Haare glänzten gespenstisch im Licht der Scheinwerfer, ihr Gesicht eine Maske aus Erschöpfung und nackter Angst.

«Sie wollen es filmen», flüsterte Sam entsetzt. «Den Aufprall. Die...», sie konnte es nicht aussprechen.

Ein Blick auf die technischen Daten bestätigte ihre schlimmsten Befürchtungen. Ein Countdown lief auf dem Hauptmonitor. Er zeigte

19 Minuten. Die Zeit bis zum Aufprall. Noch 19 Minuten um Leah zu retten.

«Teams neu formieren!», bellte Chris in sein Headset. «Wir haben ein neues Ziel!

12:55 Uhr. Die massive Stahltür versperrte den Übergang zwischen dem verlassenen Schacht und den aktiven U-Bahn-Tunneln. Sie war von der anderen Seite verriegelt. Amira kniete vor der Tür, ihre erfahrenen Hände platzierten präzise die Sprengladungen.

«Gerichtete Ladung», murmelte sie. «Minimal, aber effektiv. Der Knall wird durch die Tunnel hallen - wir müssen sofort rein.»

Sam spürte, wie sich die Anspannung im Team verdichtete. Chris verteilte letzte Anweisungen, während sie in Deckung gingen. Die Tunnel schienen den Atem anzuhalten.

Die Detonation war laut und brutal. Ein scharfer Knall, gefolgt von dem kreischenden Protest reißenden Metalls. Das Echo rollte wie Donner durch die unterirdischen Gänge.

Noch bevor der Staub sich legte, waren sie durch die aufgesprengte Tür. Der Geruch von Kordit vermischte sich mit der feuchten, modrigen Luft der Tunnel. Amira und Eric blieben zur Sicherung an der Durchbruchstelle - sie waren ihre Rückzugsoption, falls alles schiefging.

«Die U1 hat zwei parallele Röhren», sagte Chris. Seine Stimme hallte von den gekrümmten Wänden. «Irgendwo kreuzt sie die U2. An dieser Weiche muss Leah sein. Wir teilen uns auf - jeder nimmt eine Richtung.»

Sam nickte. In der ersten Röhre würde sie nach rechts gehen, während Chris die linke Seite nahm. In der zweiten Röhre übernahm Thomas die linke, Yilmaz die rechte Seite. So konnten sie die maximale Strecke in kürzester Zeit absuchen.

Plötzlich hallten schwere Schritte durch den Tunnel - Boris und Marek, auf dem Rückweg zum Kontrollraum.

«Kontakt!», zischte Thomas ins Headset. «Zwei Targets, bewaffnet!»

Der Schusswechsel war brutal und kurz. Boris eröffnete sofort das Feuer, seine AK-47 spuckte Flammen in die Dunkelheit. Marek warf sich hinter einen Betonpfeiler, er war unbewaffnet.

Yilmaz rollte zur Seite, sein gedämpfter Schuss traf Boris in die Brust. Der große Mann taumelte, fiel aber nicht. Seine nächste Salve ließ Betonstaub von den Wänden regnen.

Thomas nutzte die Ablenkung. Zwei präzise Schüsse - Boris brach zusammen. Marek versuchte zu fliehen, aber Yilmaz' Kugeln erwischten ihn im Laufen. Er stürzte vorwärts, sein Körper schlug dumpf auf den feuchten Boden.

«Targets neutralisiert», meldete Thomas knapp. «Weg ist frei.»

Das rhythmische Tropfen von Wasser begleitete ihre getrennten Wege. Das ferne Grollen der aktiven Linien wurde lauter.

13:03 Uhr. Yilmaz bewegte sich wie ein Geist durch den östlichen U1-Tunnel. Seine Stiefel knirschten auf jahrzehntealtem Schotter. Der Lichtkegel seiner Lampe enthüllte verlassene Wartungsnischen, in denen früher Bahnarbeiter Schutz suchten.

13:04 Uhr. «Spuren», flüsterte Sam ins Headset, während sie einen frischen Kratzer im Rost einer alten Signalanlage untersuchte. «Hier wurde schweres Equipment transportiert.»

13:05 Uhr. «Kabelführungen», meldete Thomas. Er leuchtete auf moderne Installationen, getarnt unter historischen Versorgungsleitungen. «Frisch verlegt. Modern, aber als historisch getarnt. Professionelle Arbeit. Wir müssen in der richtigen Gegend sein.»

13:07 Uhr. «Bewegungsmelder!», warnte Chris von seiner Position. Die kleinen schwarzen Boxen waren clever getarnt, fast unsichtbar in den Schattenzonen der alten Lampennischen.

Der Schweiß lief ihnen unter den Schutzwesten herunter. Die Luft wurde spürbar feuchter, je tiefer sie in die Tunnel vordrangen. Sams Beine schmerzten vom Rennen über den unebenen Grund. Die Zeit zerrann wie Sand zwischen ihren Fingern.

13:09 Uhr. Der erste ferne Donner eines nahenden Zuges ließ die Wände vibrieren. Irgendwo in diesem unterirdischen Labyrinth wartete Leah, gefesselt an ihr Metallkreuz.

«Licht!», Sams Ruf durchschnitt die Dunkelheit. «Ich sehe Licht-Reflektionen! Die Weiche muss hier sein!»

Die anderen rannten zu ihrer Position, aber sie wussten, sie würden es nicht rechtzeitig schaffen. Sam war allein, als sie die erleuchtete Zone erreichte. Die LED-Panels warfen ein gespenstisches Licht auf die feuchten Wände. Und dort, im grellen Lichtkegel: das Metallkreuz. Leah.

«Sam!» Leahs Stimme brach vor Panik. «Oh Gott, Sam!»

Sam rannte zu ihr, ihre Hände zerrten an den schweren Ketten. «Ich bin hier, ich hol dich raus!»

«Der Zug... der Zug kommt!» Leahs ganzer Körper zitterte. «Sie wollen es filmen... den Aufprall... bitte...»

Die Ketten waren zu massiv, die Schlösser zu komplex. Sams Finger bluteten bereits von den scharfen Kanten. Ein fernes Donnern ließ die Schienen vibrieren.

«Team, ich brauche Unterstützung!», schrie sie ins Headset. «Weiche gefunden! Aber der Zug kommt!»

Die anderen waren noch zu weit weg. Eine Entscheidung. Jetzt.

An der Wand sah sie eine alte Wartungsklappe – ein schweres Metallteil, das den Zug zum Entgleisen bringen könnte.

«Ich stoppe den Zug!»

«Sam, nein! Du stirbst!»

Aber Sam rannte bereits den dunklen Tunnel hinauf. Nach fünfzig Metern stemmte sie die Wartungsklappe auf die Schienen - ein Backup-Plan, falls alles andere versagte. Der Zug würde entgleisen, aber bei reduzierter Geschwindigkeit.

«Sam, ich erreiche die Weiche in einer Minuten!», kam Chris' verzweifelte Stimme über Funk.

«Keine Zeit!», keuchte sie zurück und sprintete weiter. Zweihundertfünfzig Meter. Das war der Bremsweg. Sie musste den Fahrer warnen, ihn zum Bremsen bringen, bevor er auf den Wartungsdeckel fuhr.

Die ersten Lichtstrahlen durchbrachen die Dunkelheit. Das Donnern wurde zum Dröhnen.

Sam stellte sich mitten auf die Schienen. Ihre Taschenlampe blitzte wie wild - das internationale Notsignal.

Der Zug kam um die Kurve. Die Scheinwerfer blendeten sie.

Sam sprang zur Seite, rollte sich ab. Der Zug raste an ihr vorbei, aber sie hörte bereits das ohrenbetäubende Kreischen von Metall auf Metall. Funken sprühten. Die Notbremsung.

Nach 200 Metern traf er auf den Wartungsdeckel. Ein gewaltiger Ruck ging durch die Waggons, als die Räder aus den Schienen sprangen. Aber die reduzierte Geschwindigkeit verhinderte eine Katastrophe.

Der Zug kam schlitternd zum Stehen. Die Frontscheibe nur Zentimeter von Leah entfernt.

Stille. Nur das Keuchen der hydraulischen Bremsen. Und dann Leahs schluchzendes Weinen.

In der gespenstischen Stille nach der Notbremsung sammelten sich Chris' Team um Leah. Sie hing noch immer am Metallkreuz, erschöpft, aber bei Bewusstsein. Der Zug stand wie eine dunkle Wand neben ihr - niemand durfte aussteigen, die Stromschienen der U-Bahn waren noch aktiv.

«Der automatische Notruf ist raus», rief der Zugführer durch ein geöffnetes Fenster, kreidebleich aber gefasst. «Notfallteam der BVG ist unterwegs. Zwanzig Minuten mindestens.»

Sam stand so nah wie möglich bei Leah, ohne die Gleise zu berühren. «Halt durch», flüsterte sie. «Wir sind hier. Hilfe kommt.»

Die verängstigten Fahrgäste starrten durch die Fenster auf die surreale Szene - das Metallkreuz mit dem S.T.Y.X.-Logo, die professionellen Scheinwerfer, das schwer bewaffnete Team in taktischer Ausrüstung.

Das erste ferne Echo von Stiefeln ließ Chris aufhorchen. «Bewegung im Tunnel.»

«Zu früh für die BVG», murmelte Thomas, seine MP5 im Anschlag.

Schwarze Gestalten tauchten im Tunnelschacht auf, kamen durch die aufgesprengte Tür. Professionelle Bewegungen, schwere Ausrüstung - ein komplettes SEK-Team strömte in den Bereich. Die Männer sicherten systematisch jeden Winkel.

«Stromabschaltung bestätigt», meldete einer der SEK-Männer. «Bereich gesichert.»

Die Sanitäter eilten sofort zu Leah. Sam wich nicht von ihrer Seite, während sie die schweren Ketten lösten. Ein Notarzt legte eine Infusion.

Weber erschien im Tunnel, die Krawatte lose, das Hemd verschwitzt. Seine sonst so kontrollierte Fassade zeigte Risse.

«Veronique hat ausgepackt», sagte er zu Sam. «Wir haben alle drei möglichen Tunnel die sie mir genannt haben gleichzeitig gestürmt. Manchmal muss man eben handeln.»

Der SEK-Einsatzleiter kam herüber. «Zwei Verdächtige in Gewahrsam. Ein Techniker und einer im Anzug. Beide schwer verletzt, werden aber überleben.»

«Bringen sie beide aufs Revier. Einzelhaft», ordnete Weber an. «Ich kümmere mich dann danach persönlich um sie.»

«Die Presse wird Fragen stellen», sagte Sam zu Weber. «Warum eine private Rettungsaktion?»

«Ich kann hier keine private Rettungsaktion erkennen», sagte Weber leise. «Das SEK hat hervorragende Arbeit geleistet.» Ein schwaches

Lächeln huschte über sein Gesicht. «Manchmal braucht das System eben... Unterstützung.»

Sam sah zu Chris hinüber, der mit Thomas sprach. Sein Team packte bereits zusammen, würden in wenigen Minuten verschwunden sein. Keine Berichte. Keine Akten. Nur die Gewissheit, das Richtige getan zu haben.

Leah wurde auf einer Trage nach oben gebracht, Sam an ihrer Seite. Eine neue Phase begann - die der offiziellen Ermittlungen, der Protokolle, der Justiz.

Aber das war nicht mehr ihr Kampf. Sie hatte Leah gefunden. Der Rest war Sache des Systems.

Manchmal muss man eben selbst handeln. Und manchmal folgt das System dann nach.

KAPITEL 10
SAMSTAG, 6. DEZEMBER

Der Meditationsraum im Kung-Fu Studio strahlte eine seltsam hybride Atmosphäre aus. Zwischen den traditionellen Kalligraphien und Räucherstäbchen hatten sich kleine Schokoladen-Nikoläuse eingeschlichen. Michael hatte den Raum mit Lichterketten geschmückt, die ein warmes Glitzern auf die Tatami-Matten warfen.

«Meditation trifft Weihnachtsmarkt», sagte Thomas und öffnete eine weitere Flasche Rotwein. «Meister Chen, Sie haben einen erstaunlichen Geschmack für französische Weine.»

Chen schmunzelte. «Der Weg der Erleuchtung kennt viele Pfade.» Er hatte nicht nur seinen heiligen Meditationsraum zur Verfügung gestellt, sondern auch eine beeindruckende Sammlung von Getränken: traditionellen Oolong-Tee, exzellente Weine und - mit einem verschmitzten Lächeln - eine Flasche Baijiu, den hochprozentigen chinesischen Schnaps, den er für «besondere Anlässe» aufbewahrte.

Sam lehnte an Chris' Schulter, ein Glas Wein in der Hand. Ihre gemeinsame Wohnung in Kreuzberg war ein temporäres Arrangement - beide wussten das, beide akzeptierten es. «Drei Monate», hatte sie gesagt, als sie einzog. «Bis zum Frühling.» Er hatte nur gelächelt und ihre Hand gedrückt. Manchmal brauchte es keine weiteren Worte.

«Auf das Team!», rief Thomas und hob sein Whiskyglas. Die anderen fielen ein. Eric und Yilmaz hatten eine Flasche 18-jährigen Macallan mitgebracht - «Für besondere Gelegenheiten», wie Yilmaz augenzwinkernd bemerkte. Amira reichte dazu eine Platte mit selbstgemachten syrischen Süßigkeiten herum. «Nach dem Rezept meiner Mutter», sagte sie mit einem warmen Lächeln. «Sie meinte immer, süße Speisen heilen die Seele.»

Leah saß zwischen Michael und Sam auf einem Berg von Kissen. Die blauen Flecken auf ihrem Gesicht verheilten langsam, aber die Schatten in ihren Augen würden länger bleiben. Die Therapeuten in der Klinik hatten ihr einen vierstündigen Ausgang genehmigt. Ein kleiner Sieg.

«Wie läuft das Training?», fragte Yilmaz und nickte zu Sam. «Chris meint, du bist ein Naturtalent mit der MP5.»

Sam grinste. «Einundzwanzig Sekunden für komplettes Zerlegen und Zusammenbauen. Aber beim Schießen...» Sie verzog das Gesicht. «Lasst uns sagen, die Zielscheiben fühlen sich noch sehr sicher.»

«Du solltest sie mal Wing Chun üben sehen», warf Chris ein, während er ihnen nachschenkte. «Pure Poesie in Bewegung.»

«Erzähl uns von den Anfängen», bat Sam sanft und drückte Leahs Hand. «Wie bist du auf die Spur gekommen?»

Leah nahm einen Schluck Tee. «Es begann mit Recherchen über Menschenhandel. Der Escort-Service war nur die Oberfläche. Aber

mit Michaels Quantenverschlüsselung...» Sie lächelte ihm zu. «...
konnte ich tiefer graben. Die Darknet-Plattform war gut versteckt,
aber nicht gut genug.»

«Warum bist du eigentlich nicht zur Polizei?», fragte Thomas.

Weber, der gerade eingetroffen war, gesellte sich zu ihnen. Er hatte
seine übliche Förmlichkeit im Auto gelassen. «Das war meine Schuld.
Wir waren seit Monaten an einem größeren Netzwerk dran. Als Leah
zu mir kam hab ich sie abgewimmelt. Ein fataler Fehler.» Er nahm
einen langen Schluck von seinem Whiskey. «Inzwischen konnten wir
zweiunddreißig Verhaftungen in sieben Ländern vornehmen. Ein
toller Erfolg. Aber Andrew, der Kopf des Ganzen, ist uns durch die
Lappen gegangen.»

«Der Bastard ist clever», murmelte Sam. Sie spürte Chris' fragenden
Blick, aber sie schüttelte unmerklich den Kopf. Dies war ihr Kampf.
Ihre Mission.

«Wie gefällt dir Berlin?», fragte Leah und stupste Sam an. Ein bewus-
ster Themenwechsel.

«Die Stadt wächst mir ans Herz», gab Sam zu. «Aber im Frühling...»
Sie ließ den Satz unvollendet.

Chris drückte kurz ihre Hand. Sie hatten nie direkt darüber gesprochen, was nach den drei Monaten kommen würde. Vielleicht brauchte es diese Ungewissheit. Vielleicht war es genau das, was sie beide
brauchten.

Der Abend floss dahin in einer Mischung aus Gelächter und nachdenklichen Momenten. Thomas erzählte GSG9-Geschichten, Yilmaz
konterte mit noch unglaublicheren Anekdoten und streute zwi-
schendurch türkische Weisheiten ein, die seine Großmutter ihm
beigebracht hatte. Amira erzählte von gemeinsamen Erlebnissen aus

Syrien und verriet allen das Rezept der mitgebrachten Süßigkeiten. Der Duft von Kardamom und Rosenwasser vermischte sich mit dem der Räucherstäbchen. Michael hatte seinen Arm beschützend um Leah gelegt, während sie sich an ihn lehnte.

«Auf die Frauen!», rief Chris plötzlich und hob sein Glas. «Die uns zeigen, wie man wirklich kämpft!»

«Auf die Männer», konterte Sam lachend, «die klug genug sind, uns dabei zu unterstützen!»

Meister Chen beobachtete die Szene mit einem feinen Lächeln. «In der chinesischen Philosophie», sagte er in seiner ruhigen Art, «sind Yin und Yang nicht Gegensätze, sondern ergänzen sich. Wie Licht und Schatten, wie Tag und Nacht.»

«Wie Kung Fu und Schusswaffen?», fragte Sam neckend.

«Wie Leben und Tod», sagte Leah leise. Für einen Moment wurde es still.

Sam drückte ihre Hand. Unter der verheilenden Oberfläche würden die Narben bleiben. Die alte Leah - unbeschwert, neugierig, voller Leben - war einer vorsichtigeren Version ihrer selbst gewichen.

Später, als die Gespräche leiser wurden und der Wein zur Neige ging, beobachtete Sam die anderen. Chris unterhielt sich leise mit Thomas. Sie würde ihn vermissen, wenn sie ging. Aber manchmal bedeutete Liebe auch loszulassen.

Irgendwo da draußen lebte Andrew sein Leben. Irgendwo da draußen gab es weitere Opfer. Weitere Täter. Ihr Kampf war noch nicht vorbei.

Meister Chen erhob sein Glas mit Baijiu. «Auf die Stärke der Gemeinschaft», sagte er auf Mandarin. «Und auf die Kraft der Heilung.»

Sie stießen an. Draußen fiel der erste Schnee auf Berlin, verwandelte die Stadt in eine andere Version ihrer selbst. Sam dachte an New York, an Shanghai, an all die Orte, die sie ihr Zuhause genannt hatte.

Drei Monate. Bis zum Frühling. Und dann... dann würde sie Andrew jagen.

Aber heute, in diesem merkwürdigen Mix aus chinesischer Tradition und deutschen Nikoläusen, umgeben von Menschen, die zu Familie geworden waren, war Zeit zum Feiern.

Zeit, das Leben zu umarmen.

Zeit, die Dunkelheit mit Licht zu füllen.

NACHWORT

Zur historischen Entwicklung und wirtschaftlichen Dimension inszenierter extremer Gewaltdarstellungen

Die in diesem Roman fiktionalisierte Thematik basiert auf realen Entwicklungen im Bereich der illegalen Mediendistribution, insbesondere hinsichtlich inszenierter extremer Gewaltdarstellungen. Der folgende Abriss soll einen sachlichen Kontext zum besseren Verständnis der im Roman behandelten Problematik bieten.

Historische Entwicklung

Die Verbreitung inszenierter extremer Gewaltdarstellungen und ähnlicher illegaler Inhalte durchlief mehrere technologische Evolutionsstufen, die mit der allgemeinen Medienentwicklung korrespondierten. In den 1970er und frühen 1980er Jahren war die Distribution auf physische Medien wie 8mm-Filme und später VHS-Kassetten beschränkt, die über internationale Untergrundnetzwerke vertrieben wurden. Der Zugang war begrenzt, die Verbreitungswege risikoreich und die Produktionskapazitäten limitiert.

Mit der Digitalisierung in den 1990er Jahren begann eine fundamentale Transformation dieses illegalen Marktes. Die Verbreitung über frühe digitale Speichermedien wie CD-ROMs erweiterte zunächst die Distributionsmöglichkeiten, doch erst die Entstehung des Internets revolutionierte den Markt vollständig. Die ersten geschlossenen

Online-Foren ermöglichten einen anonymisierten Austausch mit deutlich reduziertem Entdeckungsrisiko.

Die technologische Evolution setzte sich mit der Entwicklung von Peer-to-Peer-Netzwerken fort, die den direkten Austausch ohne zentrale Server ermöglichten. Die wahre Revolution für die kriminellen Netzwerke kam jedoch mit der Etablierung des sogenannten Darknet, insbesondere des Tor-Netzwerks ab etwa 2002. Diese technologische Infrastruktur erlaubte eine nahezu vollständige Anonymisierung aller Beteiligten.

Parallel dazu entwickelten sich die Zahlungsmethoden – von Bargeldsendungen über anonymisierte Zahlungsdienste bis hin zu Kryptowährungen wie Bitcoin (ab 2009) und spezialisierteren Währungen mit noch höherem Anonymisierungsgrad wie Monero. Diese finanztechnologische Evolution ermöglichte den Aufbau professioneller krimineller Strukturen mit komplexen Geschäftsmodellen.

Wirtschaftliche Dimension

Die ökonomische Erfassung dieses illegalen Marktes ist naturgemäß mit methodischen Schwierigkeiten verbunden. Schätzungen internationaler Strafverfolgungsbehörden und Forschungseinrichtungen gehen jedoch von einem globalen jährlichen Marktvolumen im mehrstelligen Milliardenbereich für illegale Online-Inhalte verschiedener Kategorien aus.

Der spezifische Teilmarkt für inszenierte extreme Gewaltdarstellungen wird auf eine bis zu mehreren Milliarden Euro jährlich geschätzt. Die Preisstruktur hat sich dabei zunehmend diversifiziert und folgt marktwirtschaftlichen Prinzipien. Während einfacher zugängliche Inhalte teilweise kostenfrei als „Lockangebot" fungieren, werden für sogenannte „Exklusivinhalte" Beträge von mehreren tausend Euro verlangt.

Bemerkenswert ist die Entwicklung einer regelrechten Parallelökonomie mit eigenen Marktgesetzen. Die kriminellen Netzwerke haben komplexe Unternehmensstrukturen entwickelt, die verschiedene Ebenen umfassen – von der Produktion über die technische Infrastruktur und Distribution bis hin zum Marketing und Kundensupport. Die Gewinnmargen sind außerordentlich hoch, da die Produktionskosten verhältnismäßig gering ausfallen und digitale Inhalte beliebig oft verkauft werden können.

Strafverfolgung

Die internationale Strafverfolgung hat auf diese Entwicklung mit der Bildung spezialisierter Einheiten reagiert. Organisationen wie Europol und Interpol koordinieren länderübergreifende Operationen und haben sich technologisch und methodisch angepasst. Moderne Ermittlungsmethoden umfassen digitale Forensik, Kryptowährungsanalysen und verdeckte Infiltrationen der kriminellen Netzwerke.

Trotz einzelner bedeutender Erfolge bei der Zerschlagung solcher Netzwerke bleibt die Bekämpfung eine kontinuierliche Herausforderung. Die technologische Evolution ermöglicht den kriminellen Akteuren stets neue Anpassungen, während rechtliche und jurisdiktionelle Hürden die internationale Strafverfolgung erschweren.

DISCLAIMER

Dieser Roman ist ein fiktionales Werk. Jede Ähnlichkeit mit realen Personen oder spezifischen Ereignissen ist nicht beabsichtigt. Die dargestellten kriminellen Handlungen werden vom Autor in keiner Weise befürwortet oder verharmlost. Vielmehr soll die literarische Auseinandersetzung mit dieser gesellschaftlichen Problematik das Bewusstsein für die Notwendigkeit effektiver Bekämpfungsstrategien schärfen.

ANMERKUNG DES AUTORS

Liebe Leserinnen und Leser,

mit diesem Thriller möchte ich nicht nur unterhalten, sondern auch einen Blick in Abgründe ermöglichen, die in unserer digitalisierten Welt existieren.

Es war eine bewusste Entscheidung, den finalen Showdown der Geschichte auf den 25. November zu legen – den Internationalen Tag gegen Gewalt an Frauen. Dieser Tag erinnert uns daran, dass hinter abstrakten Statistiken reale Menschen stehen und dass der Kampf gegen Gewalt und Ausbeutung nicht nur in fiktiven Thrillern, sondern täglich in unserer Gesellschaft geführt werden muss. Während meiner Recherchen wurde mir bewusst, wie dünn der Schutzschirm unserer Zivilisation manchmal sein kann und wie wichtig es ist, dass wir als Gesellschaft wachsam bleiben.

Die Opfer der in diesem Buch beschriebenen fiktiven Verbrechen haben in der Realität Gesichter und Namen. Sie verdienen unser Mitgefühl, unseren Respekt und vor allem unseren Einsatz. Wenn dieser Roman Sie bewegt hat, möchte ich Sie ermutigen, Organisationen zu unterstützen, die sich für den Schutz von Gewaltopfern einsetzen und gegen Ausbeutung im digitalen Raum kämpfen.

Als Autor hoffe ich, mit diesem Werk einen kleinen Beitrag zum kritischen Diskurs über die Schattenseiten der digitalen Revolution zu leisten, ohne diese zu verherrlichen oder zu dämonisieren.

Letztlich liegt es an uns allen, die digitalen Räume, die wir erschaffen haben, zu zivilisieren und zu Orten zu machen, die unsere Menschlichkeit fördern, und nicht untergraben.

Mit nachdenklichen Grüßen

Jason C. Rayne

ÜBER DEN AUTOR

Jason C. Rayne ist das Pseudonym eines deutschen IT-Managers, der mit diesem packenden Thriller sein erstes Buch veröffentlicht. Seine Arbeit in der Technikbranche gibt ihm das nötige Insiderwissen, um seinem Debütroman echte Glaubwürdigkeit zu verleihen.

Sein Buch spielt in Berlin, wo er selbst mehrere Jahre gelebt hat. Die Stadt mit ihren Gegensätzen zwischen Geschichte und Hightech passt perfekt zu seinem technologisch geprägten Thriller.

Als langjähriger IT-Fachmann verfolgt Rayne seit Jahren die KI-Entwicklung. In seinem Thriller verbindet er dieses brandaktuelle Thema mit einer packenden Entführungsgeschichte. Die Grenzen zwischen technologischer Innovation und potenzieller Bedrohung verschwimmen dabei auf alarmierende Weise.

Rayne lebt in Deutschland und schreibt schon am zweiten Teil seiner Thriller-Reihe. Sein erstes Buch endet mit einem Cliffhanger, der neugierig auf die Fortsetzung macht. Auch im nächsten Band geht es darum, wie wir im digitalen Zeitalter die Kontrolle behalten – oder